내 다리는 한계가 없다

일러두기

이 책의 맞춤법은 국립국어원 표준국어대사전을 따랐으나, 경우에 따라 저자 고유의 표현이나 방언을 그대로 살렸습니다.

불의의 사고 후 유튜버 CJPARK이
한 발로 굴리는 유쾌한 인생

박찬종 지음

내 다리는
한계가 없다

현대
지성

기억 속에서만 살아 있는
고통 때문에 괴로워하지 말길

평범한 날이었다. 그날은. 의식은 점점 흐릿해지고 그는 삶과 죽음의 문턱에서 헤매고 있었다. 그날 그는 다리를 잃었다.

그가 겪은 아픔을 담담하게 적어낸 글이 영화처럼 생생하게 다가왔다. 그의 고통이 전달되는 것만 같아 가슴이 아프기도 했지만 글 곳곳에서 느낄 수 있는 작가의 유쾌함이 우리를 위로한다.

작가는 존재하지 않는 왼발에서 통증을 느낀다. 그런데 이제 서서히 그의 왼발과 헤어지고 있다. 어쩌면 우리는 기억 속에서만 살아 있는 고통 때문에 괴로워하고 있는지 모르겠다. 고통의 기억과 이별하는 것이 작가처럼 행복하게 살아갈 수 있는 현명한 방법이지 않을까.

그의 결혼식에서 휠체어를 박차고 일어나 그의 아내에게 향했던 그 발걸음은 우리 모두에게 외치고 있다. 끝이 아니라고. 희망을 향해 힘차게 내딛으라고.

지치고 힘든 당신에게 그리고 삶의 진정한 가치를 알아가고 싶은 사람들에게 이 책을 추천한다.

◉ **박위** | **69만 유튜버,**『**위라클**』**저자**

차례

1장 ⊙ 유머, 인생을 사는 끝장 멘탈

2장 ⊙ 장애인 아닌 생활인의 자세

3장 ⊙ 보너스로 얻은 두 번째 삶을 굴리는 방법

4장 ⊙ 새로운 기회를 쫓아가는 중

5장 ⊙ 여전히 내가 사랑하는 삶이 남아 있다

장애를 어렵게만 생각하는 사람들에게

'이 월급으로 살다간 가난을 면치 못하겠다' 따위의 생각을 하면서 살았습니다. 중소기업에서 연구원으로 3년을 꼬박 채워 근무한 저는 이 경력으로 어느 회사에 이직해야 할지 하루하루 고민하면서 보내던 시절이었습니다. 그러던 어느 날, 평범한 퇴근길에 인생이 산산조각났습니다.

5톤 트럭에 깔리는 사고를 당했습니다. 사고를 낸 트럭 기사는 트럭 밑으로 기어들어와 제 손을 잡고 절규하면서도, 저의 죽음을 직감했는지 "미안해요, 미안해요"라는 말만 반복할 뿐 "조금만 기다려달라"는 말은 하지 않더군요. 정말로 숨이 끊어지기 직전, 현장에 도착한 119구조대가 저를 기적적으로 구조했습니다. 온몸이 부서지고 왼쪽 다리를 잃었습니다.

입원 여덟째 날, 저의 아내 영지를 다시 만났습니다. 영지는 제가 더 크게 웃고 말이 많아졌다고 했습니다. 마약성 진통제에 절어서 그렇다기보다 죽음을 경험한 이후 사랑이 얼마나 중요한지, 삶이 얼마나 소중한지 깊이 이해하게 되었기 때문일 것입니다.

매일의 회복 경과와 치료 과정을 일기로 남겼습니다. 며칠 지난 후에 보면, 내가 얼마만큼 좋아졌는지, 그때의 내가 괜히 조급하진 않았는지 되돌아보는 긍정적인 자료가 되어 꾸준히 썼습니다.

그런데 사람들이 자꾸 블로그에 들어와서 제 일기를 보더라고요. 용기와 감동을 얻고 간다고 댓글을 남기기도 하고요. 정작 저는 그냥 웃기려고 쓴 글이 더 많습니다.

오늘은 양말을 개다가 문득 알아차렸습니다. '내가 왜 양말 짝을 맞추고 있지? 이제 좌우 구분이 없는데.' 애써 짝을 맞추고 있던 양말들을 그냥 몽땅 겹쳐서 옷장 서랍에 넣어 버렸습니다. 다시 생각해보니까 자꾸 웃음이 나더라고요. 그래서 오늘은 블로그에 양말 이야기를 쓸 생각입니다. 웃기니까요.

사람들은 장애를 어렵게만 생각합니다. 제게 연락을 해 오는 사람들은 마치 무슨 죄라도 지은 것처럼 말하기 어려워하고, 병문안을 온 사람들은 제가 죽상을 하고 있진 않나 표정부터 살핍니다. 그런데 제가 웃고 있고, 가끔 간담이 서늘해지는 농담을 건네면 이내 긴장이 풀어집니다. 저는 이런저런 해학을 통해 장애는 별거 아니라는 사실을 전하고 싶습니다. 부수적으로 제 글이 사람들에게 용기와 감동을 준다고 하니, 이 책이 그럴 수 있다면 더욱 좋겠습니다.

박찬종 드림

1장

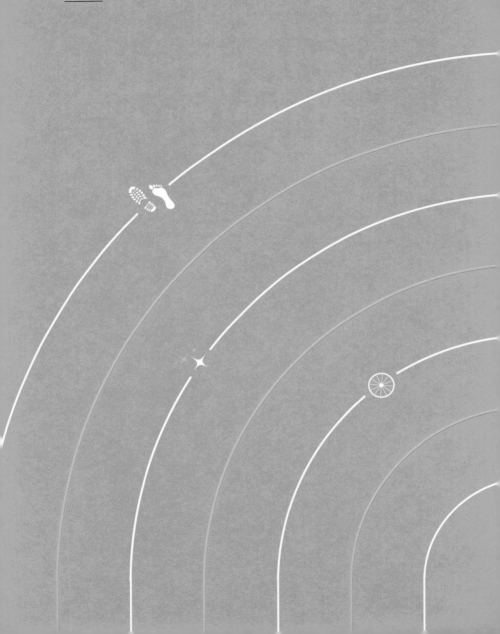

유머,
인생을 사는 끝장 멘탈

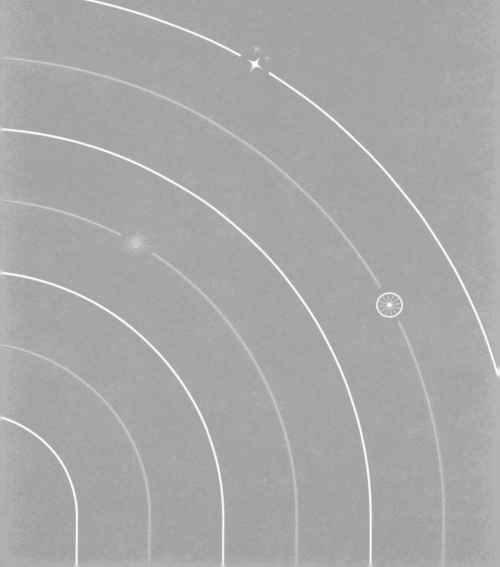

사고의
순간

2022년 9월 23일 금요일, 오후 5시 40분경.

　"퇴근하겠습니다!"

　사무실을 나와 1층에 보관해둔 자전거를 끌고 왔다. 딸깍, 클릿을 끼우고 집으로 힘차게 출발했다. 집까지의 거리는 20킬로미터, 출퇴근 시간 시화공단의 엄청난 교통체증을 고려하면 차로는 1시간 10분, 자전거로는 45분이 걸리는 거리다. 처음에 인천에서 안산까지 자전거로 출퇴근한다는 말에 회사 사람들은 그러다 지쳐 쓰러지는 거 아니냐며 호들갑을 떨었지만, 1년 넘게 매일 건강하게 출퇴근하는 모습에 어느새 자전거 출퇴근에 동참하는 직원까지 생겼다. 자전거 출퇴근은 교통체증에서 벗어나 시간을 단축할 수 있어서 좋았고, 무엇보다도 퇴근하는 동안 자전거를 타면서 자연스레 스트레스가 풀려 회사에서의 화를 집으로 가져오지 않을 수 있었다.

평범한 날과 다름없었던 그날, 나는 3차선 우측을 자전거로 달리고 있었다. 이렇게 하면 2차선에서 3차선으로 변경해오는 차가 있더라도 위험하지 않다. 2차선에 폐기물 탱크를 실은 5톤 트럭이 있는 것을 힐끗 보았다. 잠시 후 트럭은 방향을 바꾸어 내 쪽으로 달려왔고, 멈추지 않고 3차선을 지나 인도까지 순식간에 돌진했다.

'어, 이러면 안 되는데……'

통. 트럭이 왼쪽에서 내 몸을 치었다. 그 순간 나 자신이 너무나도 가볍게 느껴졌다. 힘없이 자전거에서 나가떨어지며 앞으로 굴렀다. 구르면서 살벌하게 깨져 있는 아스팔트와 나지막한 오르막길이 눈에 들어왔다. 트럭은 멈추지 않았다. 내 시야를 가리기 시작했고 결국 내 몸을 덮쳤다. 나를 친 것을 모를 수도 있겠다고 생각한 그 순간, 엄청난 소리와 함께 트럭 아래와 아스팔트 사이에 몸이 비벼지며 구르기 시작했다. 사포같이 거친 아스팔트에 피부가 쓸려나갔다. 트럭이 오르막을 오르기 시작하면서는 어딘가에 덜컥 몸이 걸리더니 이내 내 몸은 하늘을 보고 있었고 그대로 드득드득 더 끌려갔다. 자전거가 트럭 뒷바퀴에 말려 들어간 후에야 무언가 이상함을 눈치챘는지 트럭이 멈추었다. 나는 살아 있는 것일까? 아직 죽지 않은 뇌가 감각기관에서 보내오는 신호를 해석하고 있는 것뿐일까?

목이 답답하고 숨이 쉬어지지 않았다. 움직이는 오른손을 목에 가져가보니 헬멧 끈이 목을 강하게 조이고 있었다. 한 모금의 숨을 갈구하며 간신히 끈을 풀었다. 우지끈. 헬멧이 부서지는 소리와 함께 약간의 호흡이 가능해졌다. 그럼에도 알 수 없는 구조물에 가슴이 강하게 눌려 있어 숨쉬기가 굉장히 힘들었다. 평소 호흡량의 10분의 1 정도만 할딱할딱 얕게 쉴 수 있을 뿐이었다. 가슴 위에 놓인 왼팔을 빼서 조금이라도 더 숨을 쉬고 싶었으나 꽉 끼어버린 왼팔은 도저히 움직일 수 없었고 손의 감각도 전해지지 않았다. 왼쪽 눈은 보이지 않았고 오른쪽 눈에는 조금 전까지 달리고 있었던 아스팔트 길과 거대한 트럭 바퀴가 보였다. 살아 있음을 알리기 위해 악, 악, 악, 여러 차례 소리를 질렀다. 숨이 짧아 길게 소리칠 수가 없었다. 트럭은 계속해서 무서운 소리를 냈다. 구동축에 왼쪽 등과 어깨가 닿아 계속 문질러지고 있었다. 곧 트럭 기사가 나를 발견했다.

"어떡해!! 사람, 사람이 깔렸어요!!"

숨이 차서 소리 지르는 것을 멈추었다. 훗, 훗, 훗. 숨을 가쁘게 쉬며 오른쪽 눈을 껌뻑이는데 영지만 생각났다. 우리 예쁜 영지, 영지 얼굴, 영지 미소, 장난스러운 영지, 영지 웃음소리, 영지는 지금 뭐 하고 있을까? 곧 영지 퇴근 시간인데, 영지는 내가 자전거 타고 집에 가고 있는 줄 알 텐데 나는 여기 이렇게 트럭 밑에 누워서 죽는구나. 서른두 살이면 죽기에는 참 아깝다. 영지랑 결혼도 해야 된디. 혼인신고도 이미 했는디. 괜히 내가 발목을 잡았나. 이렇게 끝날 줄 몰랐네. 영지랑 결혼하고 싶은디. 나 영지랑 내년에 결혼식 해야 되는디…….

"빨리 와주세요!! 지금 트럭 밑에 사람이!! 으아아아! 여기 '시화 5다 ○○○' 앞이에요. 지금 사람이 트럭에…….."

사람들이 주소로 잘 안 쓰는 공장번호를 말하는 거 보니까 이 아저씨도 이쪽 사람인가 보다. 매일같이 지나가다 봤을 수도 있는 사이인데 오늘은 나를 이렇게 밟아서 죽였네.

많이 놀랐나 보다. 이 퇴근길 교통 정체에 구조대가 날 구하러 올 수 있을까? 난 금방 숨이 차서 죽을 텐데.

헛, 헛, 헛……. 점점 더 호흡이 가빠졌다. 무서운 트럭 소리는 요란하게도 이어졌다. 영지 생각을 계속했다. 미안해……. 트럭 기사가 밑으로 기어 들어왔다. 절규하면서 손을 뻗어 나의 차가운 손을 잡아주었다. 내 손이 있던 곳에는 피가 잠방잠방했다.

"미안해요, 미안해요, 많이 아프죠, 미안해요……. 으아아아, 어떡해……."

살려주겠다, 조금만 기다려달라는 말은 없었지만 그의 따뜻한 손은 나를 외롭지 않게 해주었고, 죽을 사람을 눈앞에 둔 그의 목소리는 진심으로 느껴졌다. 이 사람도 평생 죄책감이 크겠구나. 우리가 오늘 여기서 잘못 만났네요. 괜찮아요. 마지막에 손잡아줘서 힘이 되었어요.

저 멀리서 앰뷸런스 소리가 들려왔다. 호흡은 점점 더 얕아져서 희미한 앰뷸런스 소리가 가까이 오기 전에 정신을 잃을 것 같았다. 시야가 흐려지며 의식을 점점 잃어가고 있었다. 구조되기 전에 죽을 것 같다는 생각이 들었다. 눈을 감으면 영지의 웃는 얼굴이 선명하게 보이고, 눈을 뜨면 트럭 바퀴가 흐릿하게 보였다. 눈을 감아야 하는 걸까, 떠야 하는 걸까?

생사를 넘나들고 있는 와중에 앰뷸런스 소리가 가까워졌고 문이 열리더니 고함 소리와 발소리가 부산스러웠다. 뒤에서 몇 개의 손이 들어와 내 등을 만졌다.

"시동 꺼요! 트럭 시동 꺼요!"

누군가 소리치자 끊임없이 들려오던 무서운 소리가 멈추었고, 왼쪽 등과 어깨를 계속해서 문지르던 구동축도 회전을 멈추었다.

"고임목 받쳐! 고임목 많이 받쳐! 안 그러면 트럭 흐른다!!"

구조대원들이 부산히 뛰어다니는 동안에도 의식은 점점 흐려져갔다. 지금 정신을 잃으면 다시 눈을 뜰 수 있을까? 나 구조되면 살 수 있는 상태일까? 나 5월에 영지랑 결혼해야 되는디…….

별안간 흐릿한 시야에 큰 쪽가위 같은 것이 들어왔다. 쪽가위 밑에 나무 블록을 두 개 받치고는 입을 쩍 벌리니 갑자기 숨이 트였다.

　"히이이이이이이익……."

　온몸이 부서지는 통증과 함께 지금껏 마셔본 적 없는 가장 맑은 공기가 폐 끝까지 들어왔다. 내 등을 만지던 손들이 나를 강하게 움켜쥐고 뒤로 끄집어냈다. 나는 하늘을 본 채로 눕혀졌다. 여러 손들이 나를 더듬으며 다친 곳을 찾고, 옷을 자르고, 소지품을 정리했다. 얼마나 더 살 수 있는지 잘 모르겠지만 시원한 바람이 맨살에 닿으니 살아 있다는 생각이 들었다. 앰뷸런스로 옮겨져 인적사항에 대해 대답하는데 콧물이 가득 차서 말하기가 힘들었다(나중에 알고 보니 전부 코피였다).

　"보호자 인적사항 말할 수 있어요?"

　"윤영지요……."

　"전화번호 말할 수 있어요?"

　"육…육…이……."

　"관계가 어떻게 돼요?"

　"제 아내예요……."

　영지는 겁이 많고 눈물이 많아서 구조대원에게 사고 소

식을 듣는 것보다 나한테 듣게 하고 싶었는데, 손가락 한 개도 마음대로 움직일 수가 없었다(나중에 영지에게 들었는데 구조대원이 전화를 끊기 전에 내가 죽을 것 같은 목소리로 "잠깐만요, 영지야, 나 괜찮으니까 병원으로 천천히 와"라고 말했다고 한다. 나는 기억이 없다).

앰뷸런스가 출발했다. 퇴근 시간 안산역을 지나야 하는 앰뷸런스는 느리고 험하게 달렸다. 어느 방향으로 가든 서든 입에서는 격한 호흡과 신음 소리가 터져나왔다. 헤헤. 앰뷸런스 아저씨, 운전을 재미있게 하시네.

믿을 수 없이 추웠고 잠이 쏟아졌다. 왼편에 앉은 응급구조사가 정신을 잃으면 안 된다고 끊임없이 나를 부르고 말을 걸고 토닥였다. 앰뷸런스는 가까운 신안산대학교로 들어갔다. 창밖에서 굉음이 들려와 헬기가 도착해 있다는 것을 알 수 있었다.

생애 처음 타보는 헬기인데 천장밖에 안 보였고, 대각선으로 누워 타서 굉장히 불편하다는 것 말고는 아무것도 느껴지지가 않았다. 앰뷸런스와 다르게 헬기는 아주 부드럽게 뜨고 어느 방향으로 가는지도 모르게 비행했다. 구조대원이 어디론가 내 상태를 보고했다. 왼쪽 무릎 아래와 발목에 개방형 골절이 있다고 했다. 구조 직후 목에 채워진 경추보호대 때문에 내 몸 상태를 전혀 볼 수가 없었던 나는 그 말을 들으며 '정강이뼈가 부러졌고 뼈가 보이는구나. 당분간은 걷기 힘들겠다' 정도로 생각했다. 하지만 나중에 사진으로 보게 된 내 다리는, 무릎 아래로는 그냥 발가락이 달린 토마토피자였다.

　짧은 비행 후 헬기는 수원 아주대병원 외상센터에 도착했다.

다리를 살릴 수 있다는
실낱같은 희망

병원에 처음 도착했을 당시의 기억은 많지 않다. 트럭 밑에서 굴려진 만큼 전신에 심한 외상이 가득했다. 피를 너무 많이 흘려서 구조 당시 내 수축기 혈압은 $70mmHg^*$이었다고 한다. 당장 생명을 위협하는 장기파열이나 내출혈이 없는지 확인하기 위해 수술 전후로 수많은 검사를 했다. 침상에 누운 채로 여기저기 바쁘게도 실려 다녔다. 몹시도 추웠고 참을 수 없이 졸렸다. 자, 환자분 숨 참으세요, 숨 쉬세요. 옮깁니다. 덜컹해요. 으어어억.

수술 전까지는 물 한 모금도 허락되지 않아 몹시 괴로웠

---

*   정상 수축기 혈압은 120mmHg.

다. 금요일 퇴근 시간에 실려 온 후 자정을 넘기고 마침내 토요일 새벽 1시에 응급 수술이 시작되었고, 새벽 4시에 다시 정신이 들었다. CT나 뭐 그런 기계 안에서 정신을 잃었던 것 같은데 눈을 떠보니 중환자실이었다. 온몸이 박살난 느낌이라 움직일 수가 없었고 안 아픈 데가 하나도 없어 어디를 다쳤는지도 알 수 없었다. 답답한 가슴에서는 메스꺼운 마취 가스가 날숨에 섞여 나왔다. 입이 쩍쩍 붙고 타는 듯이 목이 말랐지만 자가 호흡이 가능해지고 소화 기능이 돌아올 때까지 물을 마실 수 없었다. 정신을 잃었다 깨기를 수없이 반복했고, 시간이 지나 호흡이 안정되고 호흡기를 뗄 수 있게 되자 간호사 선생님이 물에 적신 거즈를 입에 대주었다. 쓰읍. 거즈에 적신 몇 밀리리터 안 되는 물은 단 몇 초도 갈증을 해결해주지 못했다.

중환자실은 침상마다 간호사 데스크가 달려 있어 1대 1로 보살핌을 받았다. 담당 간호사의 근무가 끝나고 교대할 때면 새로 온 간호사는 나에게 자신을 소개하고 차트를 훑으며 내 상태를 다시 파악했다. 시간이 지나고 상태가 안정되면서 간호사 선생님께 내 상태가 어떤지, 어떤 수술을 받았고 지금 내 몸에 꽂힌 수많은 관들은 무엇인지 등을 간략히 물을 수 있었다.

"환자분은 교통사고를 당하셔서 응급 수술을 받으셨고요, 제가 의사가 아니기 때문에 자세하게 말씀드릴 수는 없지만, 왼쪽 다리를 많이 다치셔서 담당 교수님께서 다리를 절단할 가능성이 있다고 하셨어요."

고개를 들어 왼쪽 다리를 내려다보았다. 다리는 두꺼운 붕대로 뒤덮여 있었고 손가락 굵기 정도 되는 시꺼먼 금속봉 몇 개가 다리를 관통하고 있었다. 저게 도대체 어떻게 고정되어 있는 것인지 모르겠지만, 전체적인 형태는 망가진 우산살이 아무렇게나 다리에 박혀 있는 것 같은 모양새였다. 진저리가 날 만큼 차가운 이질감을 주는 금속봉들은 여기저기 핏자국이 선명했고, 굵직한 볼트와 너트로 단단히 고정되어 있었다. 붕대 끝으로는 핏기 없이 하얀 발가락 다섯 개가 보였다. 닥터헬기에서 구조대원이 어디론가 보고하던 장면이 떠올랐다.

'왼쪽 무릎 아래와 발목에 개방형 골절이 있습니다.'

다리뼈가 여러 조각으로 부서졌나 보다 하고 생각했다. 간호사의 '다리를 절단할 가능성이 있다'라는 말은 전혀 귀에 들어오지 않았다. 내 다리는 분명 저기에 잘 있고, 병원에서는 항상 최악의 경우를 말해주는 법이니까. 코로나19 예방접종만 하더라도 호흡곤란, 의식소실 가능성까지 말해주는 곳이 병원이니까. 게다가 숨 막히는 중환자실의 분위기는 그런 생각을 계속 이어갈 수 없게 했다. 비명소리와 곡소리, 생을 갈구하는 치열한 숨소리가 가득한 곳에서 나는 무너지지 않기 위해 나쁜 생각은 접어두어야 했다. '다리를 절단할 가능성이 있다'라는 간호사 선생님의 설명은 금세 머릿속에서 잊혔다.

　몇 시간이 지나 아침이 되고, 외상외과 교수님이 회진을 보러 왔다. 키가 크고 짧은 단발머리를 한 젊은 교수님이었다. 교수님은 전혀 심각하지 않은 목소리로 말했다.

　"환자분, 다행히 장기는 다치지 않았는데 왼쪽 다리를 많이 다치셨어요. 정강이랑 발목뼈에 분쇄 골절이 일어나서 뼈를 절반 정도는 버려야 했고요, 피부도 많이 오염이 돼서 다리를 절단해야 할 수도 있어요. 다만 환자분이 너무 젊으시니까 오염되고 괴사한 조직들을 최대한 제거하고 다리를 살리기 위한 노력을 할 거예요. 아시겠죠?"

　교수님께 들은 말의 의미를 생각할 여유도, 질문을 이어갈 틈도 없이 교수님은 다음 환자를 보러 갔다. 방금 들은 말을 곱씹어보았다. 다리를 살리기 위한 노력을 하겠다고? 그럼 내 다리는 틀림없이 살아날 수 있을 거야. 왜냐하면 저렇게 멀쩡하니까. 붕대 끝으로 드러난 발가락에 신경을 집중하고 움직여보았다. 까딱, 미세하게 다섯 개의 발가락이 오므려졌다. 역시, 내 다리는 회복될 수 있어. 하얗게 질린 발가락들에 대한 애정이 샘솟았다. 걱정 말라고!

중환자실에서의 시간은 정말 더디게 흘렀다. 사고 당시 충격으로 안경이 박살났는데, 한 뼘 거리도 제대로 보이지 않는 심한 근시인 나는 안경이 없으면 아무것도 할 수 없었다. 신기할 정도로 목이 말랐고, 내가 할 수 있는 것은 지나가는 사람 아무나 잡고 물을 달라고 부탁하는 것뿐이었다. 온종일 물을 5리터는 마신 것 같았는데 물을 아무리 마셔도 요의가 없는 것이 신기했다. 수술실에서 소변줄을 연결해두었다는 것을 알게 된 것은 한참이나 지난 후였다.

늦은 밤이 되고 활력 징후가 관리 가능한 수준으로 안정을 되찾아 일반병실로 옮겨졌다. 병실에는 어머니가 와 계셨고, 영지가 부러진 안경과 도수가 같은 새 안경을 사서 어머니 편에 보내주어 시력을 되찾을 수 있었다.

다음 날은 일요일이라 큰 처치는 없었다. 음압기가 다리 응급 수술 부위에 달린 호스를 통해 계속해서 피와 진물을 뽑아냈다. 뽑아낸 양은 800~900밀리리터 정도였다. 수액을 맞고, 물도 엄청나게 먹고 있지만, 음압기에 피가 가득 차 있는 모습을 보는 것은 적잖이 불편했다. 매 시간마다 간호사 선생님들이 양을 체크하면서 피가 많이 나온다고 걱정했고, 수혈도 여러 차례 받았다. 간호사 선생님은 피부에 상처가 많아 가만히 누워 있으면 욕창이 생길 위험이 크니 자주 돌아 누우라고 했다. 하지만 온몸의 피부가 다 벗겨져 있어 어느 쪽으로 누워도 고통만 가득했다.

고통으로 만신창이가 된 하루를 더 견뎌낸, 조용한 저녁이었다. 입원 후 처음으로 대변을 보기 위해 자리에서 일어났다. 변의는 없었지만 내일 수술하고 나면 대소변을 해결하는 일이 더 힘들어질 것 같아서였다. 수술실에서 채워준 기저귀가 있었지만 어머니에게 30년 만에 기저귀를 갈게 하고 싶지는 않았다. 대변은 직접 화장실에 가서 해결하고 싶었다. 아이러니하게도 외상병동 병실 내 화장실은 휠체어가 드나들 수가 없어서 복도에 있는 공용화장실을 이용해야 했다. 화장실에 가기 위해 휠체어에 앉아 출발하는 순간, 뼈를 고정하기 위해 응급 수술한 발목에서 피가 줄줄 흘러나왔다. 피가 흐르는 걸 모르고 복도까지 나와 뒤늦게 피를 보고 놀라서 간호사 선생님을 불렀더니, 내가 쏟은 피의 양을 보고 간호 스테이션에 있던 모든 간호사 선생님들이 달려왔다. 나를 휠체어에서 간신히 들어 침상으로 옮기고, 붕대를 풀고 피가 흘러나오는 곳을 찾느라 아주 소란스러웠다.

"환자분 자리에서 일어나시면 안 돼요!"

아, 나는 아직 침대에만 있어야 하나 보다. 놀라서 똥이 깊은 곳으로 숨어 들어갔다. 사실 난 환경이 바뀌면 화장실을 웬만해선 가지 않는다. 육군훈련소에서는 12일 만에 화장실을 갔다. 진짜로.

늦은 밤, 고통 속에 잠을 청하고 있는데 정형외과 레지던트 선생님이 찾아와서는 다리 절단의 가능성이 매우 크다고 말했다. 주치의인 외상외과 교수님은 환자가 젊으니 최대한 살려보자고 했는데 갑자기 단정적으로 절단을 통보해 많이 혼란스러웠다. 선생님이 떠난 후 광주에서 같이 자전거 동호회 활동을 했던 정형외과 원장님께 전화를 드려 상황을 설명하고 어떤 조건이면 절단을 하게 되는지 등에 대해 자세한 이야기를 들었다.

이후 새벽에 수술이 끝나고 나온 레지던트 선생님에게 다시 상담을 요청했다. 혈관이 어디까지 살아 있는지, 신경은 어떤 상태인지, 혈관조영술은 받아볼 수 있는지 물었지만 그는 별말 없이 최초 이송 당시의 내 다리 사진을 보여

주었다. 사진 속 내 다리는 문외한이 보더라도 다시 다리가
될 수 없는 상태였다. 그는 이런 말을 덧붙였다.

"환자분이 절단 수술을 거부하시면 저희도 수술을 강행
할 수는 없지만, 대부분은 이런 경우 일주일에서 열흘 내로
패혈증이 발생해 생명이 위태롭게 됩니다. 결국에는 정신
을 잃어서 생명이 위험한 상태에서 응급 수술로 다리를 절
단하게 될 수도 있습니다."

다리를 절단한다는 말보다 다시 생명이 위태롭게 된다
는 말이 더 무서웠다. 이미 트럭 밑에서 목숨을 잃을 뻔했
던 나는 한 번 더 목숨을 걸고 베팅할 수 없었다. 하루 종일
체온이 롤러코스터를 탄 듯 오르내리던 몸 상태가 패혈증
의 영향일 수 있다고 생각하니 더 불안했다. 어머니와 나,
둘 다 더 할 말이 없었고 현명한 판단을 내리실 것으로 믿
고 있겠다고 말씀드린 후 잠을 청했다.

죽음에서 돌아온 자의
프러포즈

내가 입원했던 시기는 코로나19로 인해 전국 병원이 삼엄한 경계 태세였고, 중환자실은 그야말로 전쟁 중인 때였다. 사고 다음 날 새벽, 영지와 부모님이 밖에 와 있다고 전해 들었지만 방역 문제 때문에 면회는 철저히 제한됐다. 오전 10시에 딱 10분만, 그것도 단 한 명만 방역복을 입고 면회를 할 수 있다고 했다. 나는 오전 7시부터 멍하니 앉아서 면회를 기다렸다. 얼마나 많은 진통제를 썼는지 머릿속은 자욱한 안개가 낀 느낌이었고, 깨어 있는 것도 잠든 것도 아닌 몽롱한 상태였다. 시곗바늘만 바라보면서 일분일초를 충실히 견뎌냈다.

　기다리고 또 기다리던 면회 시간이 되고, 중환자실 입구에서 비닐 가운과 장갑을 낀 면회객들이 하나둘 들어오기 시작했다. 이윽고 영지가 눈에 들어왔다. 시력이 나빠 얼굴이 잘 보이진 않았지만 하얀 피부와 동그란 얼굴, 방역복 품이 한참 남는 작은 체구가 틀림없는 영지였다. 영지는 내 예상대로 입꼬리를 죽 늘어뜨리고 호두알 같은 턱을 해가지고서는 눈물을 줄줄 흘리며 걸어왔다.

　살아서 영지를 다시 볼 수 있어 좋았다. 붕대가 칭칭 감긴 손으로 영지 얼굴을 어루만지며 죽음에 직면한 상황에서 얼마나 영지 생각을 많이 했는지 말했다. 영지가 있어서 필사적으로 살기 위해 버텼다고도 했다. 정말 처참한 꼴을 하고 있었지만 그 상황에서 영지에게 꼭 결혼해달라는 말을 하고 싶었다.

　"다리가 없어도 나랑 결혼해줄래?"

　죽음에서 돌아온 자의 값싼 프러포즈에 영지는 눈물을 흘리면서 당연히 결혼할 거라고, 다리가 없어도 상관없다고 대답했다. 난 이때까지만 해도 다리를 절단할 수도 있다는 사실을 전혀 받아들이지 않고 있었는데 갑자기 왜 '다리가 없어도'라는 상황을 전제로 프러포즈했을까? 아마 중환자실에서 혼자서 싸우는 동안에는 스스로 무너지지 않기 위해 애써 부정하고 있다가 영지를 만난 순간 처음으로 절단의 가능성을 받아들일 용기가 생겼던 것이 아닐까 싶다.

영지는 울면서 간밤의 일들을 전했다. 구조대원에게 전화를 받은 후 울면서 아주대병원까지 왔다가 면회가 안 돼서 울면서 다시 집에 갔다고 했다. 자정이 가까워서야 우리 부모님께 소식을 전할 수 있었고, 부모님은 그 시간에 광주에서 바로 출발해서 오셨다고 했다. 영지 부모님도 오셨다고 했다.

10분간의 정말 짧은 면회가 끝났고 또다시 홀로 남겨졌다. 눈도 안 보이고 핸드폰도 없고 자꾸만 눈물이 났다.

나중에 활력징후가 안정되어 일반병실로 이동하게 될 때까지 하루 종일, 중환자실 밖에는 부모님이 기다리고 계셨다. 두 분을 마주했을 때 어머니는 살아 있어 주어서 고맙다고 했고, 아버지는 한마디도 말이 없었다. 내 상태는 둘째 치고 주변 사람들을 마음 고생시키는 것이 가장 힘들었다. 다음 날 저녁에는 몸이 조금 회복되어 가까운 사람들과 회사 연구소 직원들에게만 사고 소식을 간략히 전했다.

다리를
절단하다

병원에 입원한 지 나흘이 지나고 마침내 수술 시간이 되었다. 병동 간호사 선생님이 내 이름을 부르고, 보조원분들이 침상을 밀어 수술실로 데려갔다. 어머니와 말없이 손을 잡고 인사를 나눈 후 수술대기실로 들어갔다. 차가운 공기가 흐르는 수술대기실에 누워 수술을 기다리고 있으니 잠시 후 정형외과 교수님이 오셔서 자세한 설명을 했다.

바로 절단을 하는 것은 아니고 오염되고 괴사된 조직들을 최대한 제거해서 다리를 살리기 위한 시도를 해보고, 어쩔 수 없는 경우에 절단을 하게 될 것이라고 했다. 다만 절단을 판단하는 객관적인 척도 점수가 7점이 넘으면 이런저런 시도 끝에 결국은 절단을 하게 되는데, 나는 지금 9점이 넘어 절단 가능성이 매우 큰 상황이라고 했다. 수술실에서 호흡기를 차기 전에 퍼뜩 정신이 들어 급하게 교수님을 불렀다. 꼭 확인하고 싶은 것이 있었다.

"교수님, 저 내년 5월에 결혼식이 있는데 걸어 들어갈 수 있을까요?"

수술방이 추워서인지, 불안감에 겁이 들어서인지 목소리가 몹시도 떨렸다.

"아, 그럼요. 분명 걸어 들어가실 겁니다."

교수님은 미소를 지어 보이며 대답했다. 옅은 미소를 띤 교수님의 표정은 경이로울 정도로 신뢰감이 들었다. 좋아. 지금의 난 그거면 충분해. 곧 호흡기가 채워지고, 간호사 선생님이 "산소예요, 편하게 호흡하세요"라고 설명하는 소리에 수술이 시작되려는 찰나, 머리맡에서 수술을 준비하던 레지던트 선생님들의 대화가 들려왔다.

"앰퓨테이션^{Amputation}*이야?"
"아니요, 디브라이드먼트^{Debridement}**예요."

조금 전 교수님 설명대로 절단수술을 바로 하는 게 아니라 괴사된 조직을 제거하는 수술을 준비하고 있는 게 맞구나, 최대한 다리를 살려보려고 노력하시는 게 맞구나 하는 믿음 속에서 곧 마취약이 주입되고 정신을 잃었다.

　　회복실에서 엄청난 고통에 사무치며 정신이 들었다. 똑바로 의식이 들기 전부터 이미 내 입에서는 신음 소리가 새어나오고 있었다. 와……. 평생 다리가 잘린 고통을 겪어본 사람이 몇이나 될까? 제발 누군가 와서 나를 구해주었으면 좋겠다. 간절하게 뭐라도 좀 해주었으면 좋겠다는 생각뿐이었다. 지나가는 간호사 선생님께 다리 상태를 물으니 무릎에서 절단을 했다고 했다. 결국은 절단을 했구나. 곧이어 다른 간호사 선생님이 들어와 내게 물었다.

　　"환자분, 무통주사 신청하셨어요?"

　　"네, 수술대기실에서 서명했는데……."

　　"아, 네. 그러면 지금 조제해서 가져올게요."

---

*　　사지절단술

**　　변연절제술: 손상된 조직이나 죽은 세포를 제거하여 상처를 깨끗하게 정리하는 치료 방법.

아, 정말 알고 있는 모든 욕을 다 하고 싶었다. 다리를 잘라놓고 무통주사는 미리 준비해놨어야 하는 거 아니여……? 화타가 상처를 째고 고름을 빼내는 동안 태평하게 바둑을 두었다던 천하의 관우도 다리를 잘랐으면 울면서 무통주사를 놔달라고 졸랐을 것이다. 그렇게 10여 분 정도 더 다리가 잘린 고통을 만끽한 후 무통주사가 투입되었고*, 미칠 듯한 고통에서 약간이나마 벗어날 수 있었다. 조금 안정된 후에는 병실로 이동했다. 엘리베이터를 타고 병동 8층에 내리자 어머니가 나를 기다리고 있었다. 어머니는 나와 마주치자마자 눈에 눈물이 차오르는 듯했다. 하지만 슬퍼하기 시작하면 끝없는 심연에 빠져들 것만 같아서 괜히 핀잔을 놓았다.

"괜찮으니까 울지 마요!"

병실로 들어간 후부터는 또다시 고통과 시간의 방에서 지냈다. 나는 그날 다리를 잃고서 멘탈이 무너졌을까? 아니다. 다리가 절단되었다는 현실에 슬퍼할 정신조차 없었다.

---

* 본래 무통주사는 의식을 되찾은 후에 투여한다고 한다. 하지만 여전히 오래 기다려야 했던 점은 아쉽다.

절단되고 없는 다리는 분명히 거기 있는 것처럼 느껴지고, 무릎과 발목뼈가 부러진 느낌은 지독히도 생생하게 지속되었다. 체온과 혈압이 널뛰기를 하고, 피부가 다 벗겨져버린 엉덩이와 등으로 누워 있어야 하는 신세. 식사 시간이면 마약성 진통제를 추가로 먹고 억지로 상체를 일으켜야 했다. 움직일 수가 없어 어머니가 떠먹여주는 음식을 먹고, 고통에 이를 악물고 부들부들 떨다가 진이 빠져 잠에 들었다. 잠에 들려는 노력은 따로 하지 않았다. 어차피 잠을 못 이룰 것이고, 시간이 지나면 체력이 빠져 자연스럽게 잠들 터였다.

꿈을 꾸었다. 예전에도 자주 꾸었던 꿈인데 자유롭게 날아다니기도 하고 높은 곳에서 뛰어내리거나 뛰어오르기도 하는 꿈이었다. 하지만 그 꿈은 잔인한 악몽으로 바뀌었다. 높은 곳에서 뛰어내릴 때마다 발목이 또각또각 소리를 내며 부러졌고, 그 고통이 너무나 생생했다. 그러면서도 꿈속의 나는 멈출 생각이 없었다. 또다시 높은 곳을 기어올라 뛰어내렸고 그럴 때마다 다시 발목이 부러졌다. 고통에 비명을 지르며 잠에서 깨서 잘린 다리를 부여잡고 부들부들 떨었다. 한참을 앓다가 늦은 새벽에나 잠들었고 다음 꿈에서는 얼어 죽을 것 같은 추위를 느꼈다. 이를 딱딱 부딪히며 잠에서 깼다.

"엄마, 추워요."

불편한 보호자용 간이침상에서 웅크리고 주무시던 어머니는 내 한마디 말에 자리에서 벌떡 일어나 이불을 덮어주셨다.

"엄마, 아직도 추워요."

어머니는 당신이 덮던 이불도 나에게 덮어주셨고 효자는 그렇게 잠이 들었다. 또 꿈이 이어졌다. 이번에는 지독하게 무더운 날씨에 자전거를 타고 급경사 오르막을 오르는 꿈이었다. 이글이글 달아오른 아스팔트의 열기가 고스란히 느껴지고 목이 타는 듯이 말랐다. 그러다 별안간 침상에서 눈을 떴는데, 누군가 내 침상에 끓는 물을 붓고 침대 밑에서 불을 지르고 있었다. 비명을 지르며 진짜로 잠에서 깼다.

꿈속의 꿈이었다. 온몸에서 열이 펄펄 끓었고 옷과 이불이 모두 땀에 축축하게 젖어 있었다. 꿈과 현실이 구별되지 않아 다시 꿈을 꾸기가 너무 무서웠다. 그렇게 앉은 채로 아침을 맞이했다.

아침을 먹고 나니 지난 5일간 뱃속에 웅크리고 있던 '그분'이 문을 두드리기 시작했다. 다리도 없고 수많은 호스가 치렁치렁 연결되어 있어 거동조차 힘든 상황에서 안간힘을 쓰며 화장실에 갔다. 변기에 앉아 아무리 힘을 주어도 식은 땀만 줄줄 흐를 뿐, 그분은 문을 열고 나오지 않았다. 간호사 선생님께 말해 변비약을 처방받아 먹었지만 전혀 차도가 없었다. 결국은 스스로 도저히 해결할 수가 없어서 좌약의 도움을 받은 후에야 찢어지는 고통과 함께 도깨비 방망이 같은 그분의 모습을 만날 수 있었다. 침상 생활만 하면 움직임이 없어 변이 커지고 단단해지기 때문이란다.

아침부터 체력을 엄청나게 소진하고 돌아와 보니 몇 가지 정밀검사가 예약되어 있었다. 오전에는 방사성 조영제를 투여하고 전신 촬영을 했고, 오후에는 전신 드레싱 교체를 했다. 피부가 벗겨진 부위를 깨끗이 아물게 소독약을 바르고 거즈로 박박 문질러 닦는 작업이다. 이를 악물고 버티다 보니 체력이 달려 온몸에 힘이 없고 반쯤 정신이 나가 껍데기만 남아 있는 상태가 되었다. 어머니가 내 모습을 보고는 기분전환이라도 되게 면도를 해보라고 하셨다. 거울을 보며 쓰다 버린 구둣솔처럼 아무렇게나 난 시커먼 수염을 미는데 내 얼굴과 내 피부가 아닌 것 같았다.

다음 날, 정밀검사 결과가 도착했고 척추에 세 개의 골절이 발견되었다. 흉추에 하나, 요추에 두 개. 다행히 디스크

나 신경 손상은 없었다. 조금만 더 크게 다쳤다면 하반신이 마비될 수 있었다고 했다. 외상외과 교수님은 지금 굉장히 많은 진통제가 투여되고 있어 척추 통증을 느끼지 못하는 것이라고 했다. 입원한 지 일주일 만에 내 차트에는 새로운 진단명이 추가되었다. 몇 달간 보조기를 착용하고 누워 있어야 할 것이라고 했다. 병원에서는 무조건 어제보다 나은 오늘, 오늘보다 나은 내일이 기다리고 있을 줄 알았는데 새로운 부상을 알고 나니 기분이 굉장히 다운되었다.

절단수술 후 3일이 지나자 무통주사를 떼어 갔다. 큰 역할을 하고 있던 진통제가 사라지고 나니 다시 온몸이 다 박살난 느낌이었다. 전날까지만 해도 휠체어를 타고 화장실을 가기도 하고, 휠체어에서 한 발로 일어서서 창밖을 내다보기도 했는데 이제는 끙끙 앓는 것 말고는 아무것도 할 수 있는 게 없었다. 어머니가 먹여주시는 대로 밥만 먹고 곧장 지쳐 쓰러져 잤다. 아, 이제 척추 뼈도 어디가 부러졌는지 아주 잘 알겠다.

젠장,
난 살아 있다고요!

6년 전 여름, 동호인 레이스를 목표로 한창 열을 올리며 훈련하던 시기에 사고를 겪은 적이 있다. 내리막 코너에서 타이어가 접지력을 잃고 넘어지면서 7월 중순 한낮 더위에 잘 달궈진 아스팔트에 몸 오른쪽 대부분을 갈아먹었다. 그때도 병원에 입원해 있으면서 드레싱을 엄청 받았다. 병실에 있다 보면 가장 의미 있고 보람차고 기다려지는 시간이 바로 드레싱 시간이다.

일단 상처 부위를 잠깐 오픈하면 엄청나게 시원하고, 벅벅 문지를 때는 지루한 입원생활에 강렬한 고통을 주어서 살아 있음을 느끼게 하며, 드레싱을 교체할 때마다 상처가 낫는 모습을 내 눈으로 바로바로 확인할 수 있기 때문이다.

이를 악물고 부들부들 떨면서 불지옥 고통만 잘 참으면 피부는 흉터 없이 깔끔하게 낫는다. 경력자라서 잘 알지!

트럭 밑에서 아스팔트에 굴려지며 질질 끌려갔던 나는 전신 곳곳이 규카츠*인 상태였다. 매일 점심시간이 지나고 오후 2시쯤이면 어김없이 외상외과 간호사 선생님 두 명이 나를 찾아왔는데, 나는 에어컨이 고장 난 차를 타고 꽉 막힌 퇴근길을 지나는 상상을 하면서 매일 이 시간을 목이 빠지게 기다렸다. 어제 붙인 지저분한 드레싱을 뜯어내고 나면, 차가운 욕조에 들어가 시원한 맥주를 벌컥벌컥 들이키는 느낌이다. 크으으으…….

다음은 까끌까끌한 거즈로 상처를 싹싹 깨끗이 긁어낸다. 진물이나 피가 굳은 딱지를 깨끗하게 제거해서 흉터 없이 새살이 돋게 하기 위함인데, 상처를 벅벅 문지르면 당연히 상처에 불을 지르는 듯한 고통이 밀려온다. 이를 꽉 깨물고 주먹을 움켜쥐고 30~40분 정도 '솟아라, 긍정의 힘!' 하고 버티고 나면 드레싱** 시간이 끝난다. 고통을 버티느

라 체력이 쭉 빠지기 때문에 드레싱이 끝나면 항상 꿀맛 같은 낮잠을 잘 수 있었다.

입원병동은 365일 돌아가지만 공휴일과 주말에는 진료과가 쉬기 때문에 회진과 드레싱이 없다. 주말이면 오래된 드레싱이 붙어 있는 답답함을 감내해야 했다. 눅눅하고 진물을 듬뿍 머금어 곧 떨어질 것 같은 드레싱을 하루 종일 만지작거리고, 정떨어지는 냄새에 나 스스로를 혐오하면서 평일이 오기만을 간절히 기다렸다.

열흘 정도가 지나고부터는 가벼운 상처부터 밴드로 바꾸거나 처치 없이 오픈했다. 2주째가 되었을 때는 심하지 않은 곳에 대부분 새살이 돋아났다. 꼬들꼬들 새살이 돋아난 상처는 몸이 회복되고 있다는 증거였고 볼 때마다 뿌듯했다. 오히려 점점 나빠지는 곳도 있었는데, 바로 사고 당시 트럭 기사가 시동을 끄지 않아 뜨거운 트럭 구동부에 계속 문질러졌던 어깨 견갑골 부위의 화상이다. 잿빛으로 그을려 있던 어른 손바닥 크기의 환부는 입원 첫날 응급수술에서 표면을 긁어내 하얗게 변했는데, 시간이 흐를수록 피부 아래쪽에서부터 심상치 않은 검은 반점이 번져나갔다. 상처 부위에서 괴사가 진행된 것이다. 평화롭게 드레싱 시간을 기다리고 있던 어느 날 오후, 평소와 다르게 성형외과 처치실로 불려갔다. 별 의심 없이 처치실에 들어간 나는 그곳에서 끔찍한 고문을 당했다.

"환자분, 환부에 괴사가 진행되고 있어서 브러싱 처치 좀 하겠습니다."

잠시 후, 의사 선생님은 거친 브러시 같은 걸 가지고 와서는 환부를 박박 긁어댔다. 피부 아래 까만 조직이 제거될 때까지 브러싱은 계속되었는데, 멀쩡한 피부도 구멍이 날 것만 같은 강도였다. 항상 마취된 사람만 다루어서 그런지 의사 선생님의 손길에는 일말의 자비도 없었다. 온몸이 부들부들 떨리고 턱이 아프도록 이를 깨물었지만 미칠 것 같은 고통은 이 사이로 새어 나왔다. '솟아라, 긍정의 힘' 따위는 통하지 않는 고통. 아마 일제 강점기였으면 머릿속에 있는 동지 이름을 싹 다 불었을 것이다. 나중에 외상외과 주치의 선생님께 고문당한 사실을 알렸더니, 깜짝 놀라며 이렇게 말했다.

"예? 그걸 맨 정신으로 받았다고요? 다음부터는 브러싱할 때 수면마취 처방해줄 테니까 자면서 받아요, 알겠죠?"

연락하는 마음
vs 연락하지 않는 마음

고통에 가득 찬 병상 위에서의 시간은 영원처럼 느껴졌지만 현실 세계의 시간은 나와 상관없이 잘도 흘러가고 있었다. 금요일 퇴근 시간에 사고를 겪은 후 월요일 출근 시간이 되기 전에 회사에 연락해야 했고, 함께 근무하던 연구소 직원분들에게는 직접 말씀드리는 것이 도리인 듯 싶었다. 도맡아 응대하던 연구 의뢰처에도 더 이상 내가 일을 맡을 수 없음을 알려야 했다. 당시에는 다리를 절단하기 전이라서, 회사에 교통사고로 다리가 골절되었다고만 전했다.

친한 친구들이 있는 단체 대화방에도 사고 소식을 전했다. 때마침 한 친구가 감격스러운 출산 소식을 전한 터였는데, 몸 상태가 좋지 않아 단체 대화방에서 친구의 기쁜 소식이 자연스레 지나갈 때까지 기다릴 여유가 없어 미안했다. 주말에 함께 자전거를 타기로 약속했던 사람들에게도 소식을 알렸다. 친구가 큰 사고를 당했고 심지어 다리를 절단했다는 소식은 말하는 입장에서도, 듣는 입장에서도 함부로 꺼내기 어려운 것이었다.

마치 일어나서는 안 되는 일이 일어난 것처럼 나는 조심스럽게 입을 뗐고, 듣는 사람들도 조심조심 말을 아꼈다. 하지만 발 없는 말이 천 리 간다고 소문은 삽시간에 퍼졌다. 구독자 수 7만 명의 유튜버가 어떻게 되었다더라 하는 자극적인 가십이 퍼지는 것은 걷잡을 수도 없었다. 모두가 쉬쉬하지만 이미 밖에서는 소문이 파다하다는 사실을 알게 되는 데는 그리 오랜 시간이 걸리지 않았다. 며칠이 지나지 않아 카톡 하나가 도착했다.

"찬종아, 별일 없기를 바라며 연락해본다. 지금 근무 중이지?"

배경을 충분히 짐작할 수 있는 한 줄의 메시지였다. 무언가 들키면 안 되는 일을 들킨 것 마냥 얼굴이 화악 달아올랐다. 병상에 누워서 아무것도 할 수 없는 나로서는 어디서 어떤 말이 나돌고 있을지 상상하는 것이 아주 고역이었다.

죽음의 문턱까지 갔다 와서 살아 있음에 감사하고 있었지만 '모 유튜버가 트럭에 치여서 다리가 절단되었는데 살아 있음에 감사하고 있다더라'는 내러티브에서 '살아 있음에 감사하고 있다더라'와 같은 재미없고 시시한 내용은 아주 가볍게 삭제되었을 터였다.

그때까지만 해도 내가 처한 상황은 일어나서는 안 되는 끔찍한 일이었고 내 다리의 상태는 언급하기 너무나 안타까운 일이었다. 그래서인지 많은 사람들은 내 소문을 들었더라도 연락하지 않고 기다렸다. 아마 괜한 연락으로 회복 중인 내 마음을 들볶게 되지 않을까 하는 걱정이 앞섰을 것이다. '뭐라고 위로의 말을 전해야 할지 모르겠다. 많이 힘들 텐데 마음 추스르고 푹 쉬어.' 아마 나라도 이렇게 말했을 것이다.

사고 소식을 전하는 것에 마음이 열리게 된 계기는 제임스와 티미*의 연락이었다. 사고로 사랑하는 친구와 친형을

---

* 제임스 후퍼James Hooper와 티모시 건틀렛Timothy Gauntlett. 제임스 후퍼는 우리에게 JTBC 〈비정상회담〉, tvN 〈어서와 한국은 처음이지〉 등으로 얼굴을 알렸다. 제임스는 티미의 친형인 롭 건틀렛Robert Gauntlett과 함께 탐험 중 불의의 사고로 롭을 잃고서 그를 기리고 많은 이들에게 모험의 의미를 전하기 위해 OMCOne Mile Closer라는 기부단체를 설립했다. 나는 2019년 영국 요크셔에서 열린 OMC 기부 라이딩에 참석한 이후 둘과 친분을 이어오고 있다.

잃은 뼈아픈 경험이 있는 이들은 내가 겪은 큰 사고 소식에 충격을 받으면서도, 죽지 않고 살아남았다는 것이 얼마나 소중한 축복인지 잘 알고 있었다. 그들은 나에게 사고 이후의 삶을 생각할 수 있는 첫 단추를 꿰어주었다. 어쨌든 삶은 계속된다. 그간 나는 살아 있음에 감사하고는 있었지만, 사고 이후의 삶이 어떤 모습일지에 대한 생각은 하지 않고 있었다.

"I want to say that it will be okay, that we will do sport together again, and that I'm grateful to have you as a friend. Life will be different, but there is always beauty to be found in living."

괜찮아질 거야. 우린 다시 스포츠도 함께할 거고, 나는 널 친구로 두어서 감사해. 삶은 전과 달라지겠지만 삶에서 찾을 수 있는 아름다움은 항상 있기 마련이야.

제임스 형이 특별한 의미를 두고 한 말인지는 모르겠지만 다시 함께 스포츠를 할 것이라는 말은 많은 생각을 하게 만들었다. 의족을 차고 겨우 걷는 것 말고 내가 이 몸으로 뭘 할 수 있지?

한국인보다 더 정이 많은 영국인 티미 형은 장문의 메시지를 보내면서 앞으로 병원에서 몇 달 있을 테니 자신의 스페인어 인터넷 강의 계정을 공유해주겠다고 했다. 또한 힘들 테니 푹 쉬라는 말 대신 앞으로 심심할 테니 언제든지 (특히 영국이 낮 시간인 새벽에) 카톡하라고 했다. 사고가 아무렇지 않은 일인 것처럼 대하는 티미와의 대화는 상당한 충격 상태에 있던 내 정신을 점차 일상으로 돌려놓았다. 보너스로 입원 기간 동안 영어가 많이 늘었다.

일주일 후 더 이상 '다리절단 모 유튜버'로 유명해지기 전에 내 상태를 정리해 의지를 보여줄 용기가 생겼다. 여러 번의 퇴고 끝에 SNS에 게시물을 남겼다.

안녕하세요, CJPARK 박찬종입니다. 지난 9월 23일 금요일, 자전거를 타고 퇴근하던 중에 2차선을 가로질러 달려온 5톤 트럭에 치여 깔렸습니다. 의식이 있었고 호흡이 안 돼서 죽음을 맞이하기 직전에 구조대가 트럭을 들어 올려 꺼내주었고, 헬기를 타고 수원 아주대병원으로 이송됐습니다. 온몸에 찰과상과 눈뼈 골절, 척추 세 곳에 미세골절, 왼쪽 무릎아래와 발목에 개방성 골절이 있었고 새벽에 응급수술을 진행했습니다.

월요일에는 왼쪽 무릎 아래를 절단했습니다. 개방성 골절이라고 해서 그저 뼈가 부러지고 뼈가 보이나 보다 했는데 나중에 사고 당시 사진을 보니까 무릎 아래부터 발가락 위까지 토마토피자더라고요. 저는 괜찮습니다. 트럭 바닥에서 생의 끈을 놓치기 직전에 목숨을 구해주셔서 보너스 인생이라고 생각하고 있습니다. 아직은 병원에서의 하루하루가 힘들지만 몸 건강히 회복하고 재활해서 내년 5월에 결혼식장에 당당히 걸어서 들어갈 겁니다.

주변 많은 분들이 연락해 응원을 보내주셔서 큰 힘이 되고 있습니다. 지금 아주대병원은 코로나로 면회가 전혀 안 되지만, 나중에 면회가 가능해지거나 재활병원으로 옮기게 되면 제가 꼭 다시 연락드리겠습니다. 웃는 얼굴로 만나요. 그때까지 모두들 조심하시고 안녕하시길 바랍니다.

다음 날은 세상이 뒤집어진 듯했다. 사고 소식을 알린 뒤로 정말 많은 분들에게 전화가 왔다. 게시물에는 수천 개의 좋아요와 수백 개의 응원 댓글이 달렸다. 대부분은 나보다 더 안타까워했고, 살아 있어서 다행이다 혹은 살아 돌아와 줘서 고맙다고 말해주는 분들이 많아 마음이 따뜻해졌다. 내 사고가 가십거리로 소비되고 있을 것이라고 낙담했지만, 사실을 공연히 알리고 나니 많은 분들이 응원을 보내주어 넘치는 에너지를 받을 수 있었다.

나는 지난 몇 년간 유튜버로 활동하고 있었지만 한동안

영상 업로드가 뜸해지면서 영상을 기다려주시는 분들에 대한 부채감이 컸다. 나 스스로를 퇴물 유튜버라고 지칭할 정도로 과거의 영광에서 벗어나고 싶은 마음이었는데 너무나도 많은 분들이 응원해주는 것을 보면서 감회가 새로웠다. 한창 영상을 올리고 활동할 때도 별로 와닿지 않았던 인플루언서influencer의 의미를 다시 새기게 되었다. 다년간의 유튜브 활동으로 생긴 믿음인 관심과 사랑은 다르며 대중은 절대 유튜버를 사랑하지 않는다고 굳게 믿었던 마음이 눈 녹듯 사라졌다.

　다시 돌아온 금요일, 퇴근한 영지가 어머니와 보호자 교대를 하고 병실로 들어왔다. 어머니와 아버지는 인천의 우리 집에서 주말을 보내기로 하셨다. 10분간의 중환자실 면회 이후 처음으로 영지를 보니 새삼 살아 있는 게 감사했다. 병실 복도에서 밀린 수다를 떨었다. 영지는 내가 예전보다 더 크게 웃는다고 했다. 강력한 마약성 진통제에 절어서가 아니라 죽음을 경험한 이후 사랑이 얼마나 중요한지, 삶이 얼마나 소중한지 더 깊이 이해하게 되었다고 해두자.

이제 다리가 하나 없는 것은
나의 특징이다

방송인이자 유튜버인 조나단은 흑인으로서 한국 사회를 살아가며 주변 친구들이 자신의 인종적 특성을 언급하는 것에 대해 지나치게 민감해하는 상황에 불편함을 느꼈다. 그래서 인종차별적 문제를 웃음으로 승화한 형태의 개그를 던지기 시작했더니 분위기가 많이 완화되었다고 한다. 이런 개그는 방심하고 웃었다간 인종차별자로 몰릴 위험(?)이 있어 '암살 개그'라고 한다.

다리가 없으니 주변 사람들이 내 몸에 대해 언급하기 어려워하고 내 눈치를 살피는 것을 느낄 수 있었다. 물론 내 다리에 대해 이야기할 수 있는 사람은 나와 친근한 관계가 형성되어 있는 사람이어야 할 것이고, 선을 모르고 무례하게 행동하는 이들에게는 똑같이 대해줄 준비가 되어 있다. 하지만 내가 좋아하는 사람들이 내 다리에 대해 언급하기 불편해하는 것은 바라지 않는다. 일단 나는 목숨을 구한 것에 너무나 감사하고, 많은 분들이 보내주신 에너지로 빨리 이겨내고 있기 때문이다. 이제 다리가 하나 없는 것은 나의 특징이다. 내가 노력한다고 해서 다시 다리가 자라날 수 없기 때문이다.

지루한 고통 속에 지내고 있던 어느 날, 병상에 마주앉아 어머니와 점심을 먹던 나는 문득 말을 꺼냈다.

"엄마, 그러고 보니까 저 무지외반증*이 있었는데 없어졌어요."

"무지외반증이 있었어? 어디 봐."

"아니, 이제 없다고요."

황당해하는 표정과 함께 어머니가 풋, 웃음을 지었다. 사고 후 처음으로 보는 웃음이었다. 고개를 떨어뜨리고 말없이 밥만 먹던 무거운 분위기가 한번에 환기되었다. 성공적

---

* 무지외반증: 엄지발가락 관절이 둘째 발가락 쪽으로 휘어서 툭 튀어나오는 증상.

이었다. 이로써 나의 암살 개그는 계속되었다.

"엄마, 저 실내화 좀 사다 주세요. 그리고 병동에서 오른발 자른 사람 찾아주세요. 슈메이트^{shoe mate} 하게."

암살 개그는 곧 어머니를 넘어서 주변 다른 사람들에게까지 이어졌다. 병동에서 체중을 쟀던 날은 간호사 선생님에게 암살 개그의 표창을 날렸다.

"박찬종 님, 81킬로그램 나왔는데 맞으세요? 평소랑 비슷하세요?"
"어…… 다리 하나가 3킬로그램 정도 되나요? 그럼 맞아요."

티미 형은 양발 모양의 패드가 있는 저주파 마사지기 사진을 보내주며 통증 완화에 좋으니 필요하면 나에게 보내주겠다고 했다. 뭐, 양발? 티미 형에게도 표창을 날렸다.

"Oh, How thoughtful you are! But It looks like it needs two feet to use, But I don't."
오, 생각해줘서 너무 고마워! 근데 그거 발 두 개 있어야 쓸

티미 형은 내 생각보다 더 큰 사람이었다. 어차피 남은 평생 신발 두 짝을 사야 할 것이라는 말과 함께 친구에게 이런 걸로 장난을 칠 수 있다는 것이 정신적으로 극복하고 있는 모습이라며 잘하고 있다고 격려해주었다.

영지는 이런 나에게 금방 적응했다. 어느 날 영지에게 카톡 하나가 왔다.

"오빠, 이거 봐라. 오빠 친구야."

영지가 보낸 사진에는, 아름다운 홍학 한 마리가 한 다리로 서 있었다.

2장

장애인 아닌
생활인의 자세

끝날 때까지
끝난 게 아니었다

끔찍한 몰골로 아주대병원에 실려 온 지 20일째, 퇴원을 했다. 사고 14일 만에 퇴원 이야기가 나왔는데 나를 받아줄 병원의 병상이 나지 않아 더 기다린 것이 고작 6일. 상급종합병원인 아주대병원은 딱 목숨만 살려주고 퇴원을 권유했다. 관리가 가능한 안정기에 접어든 나 같은 환자는 퇴원시키고 위중한 환자에 대비하기 위해 병상을 비워두는 것이 그들의 일일 터. 머리로는 이해하지만 마음속으로는 불안하기 짝이 없었다. 다리를 절단하고 일주일 만에 다리는 치료가 다 끝났다고 했을 정도였으니 알 만하다. 절단 수술 후 통통 부어서 터지기 직전인 부리토 같은 상태의 다리를 두고 치료가 끝났다고 하니 당혹스러웠다.

어머니는 아침부터 퇴원 준비로 분주했고 나는 퇴원하는 마지막 날까지도 검사가 잡혔다. 사고 당시 가슴 위에 왼팔이 놓인 상태로 트럭 밑에 깔려 있었는데 깔려 있던 부위가 아직까지도 부어 있고 엄지와 검지의 피부감각이 없었다. 근전도 검사를 통해 근육과 신경의 반응을 검사한 결과, 피부로 이어지는 감각신경이 사고의 충격으로 손상되어 감각이 둔해진 것이라고 했다. 다행히 완전히 손상되지는 않았기에 차차 회복될 것이고, 손아귀 쥐는 힘이 빠진다거나 하는 증상이 나타나면 위험하니 알려달라고 했다. 정말 골고루도 다쳤구나.

입으면 힘이 빠지는 놀라운 효과가 있는 입원복을 벗어 버리고 마침내 20일 만에 문명인처럼 팬티를 입고 평상복을 입었다. 엉덩이와 허벅지 위쪽 드레싱을 계속해야 해서 팬티를 입지 않았는데, 팬티의 소중함을 알 수 있었던 시간이었다. 병상과 짐을 정돈하고 있으니 잠시 후 퇴원 수속을 마친 어머니가 병실로 돌아왔다. 전원轉院에는 따로 교통편이 제공되지 않기 때문에 사설 앰뷸런스를 불렀다. 다행히 앰뷸런스 직원이 병실까지 와서 나를 침대에 태워 옮겨주고 우리 짐까지 들어주었다.

도착한 곳은 근로복지공단 인천병원. 코로나19 때문에 철옹성 같은 비상 방역 체제인 아주대병원과 달리 입원 환자가 실외 벤치에 앉아 있기도 하고 외래 환자와 이야기도 나누는 등 한눈에 보기에도 여유 있는 분위기였다. 다만 이상할 정도로 많은 휠체어 군단이 이곳이 산업재해 환자로 가득한 곳임을 알 수 있게 했다. 병실이 준비되는 동안 휠체어에 앉아 있는데 반바지가 밀려 올라가 자덕 태닝라인*이 훤히 드러난 오른쪽 다리가 눈에 들어왔다.

지난여름 선크림을 바르지 않고 살을 태워 노릇노릇 구운, 근육이 빵빵한 허벅지였다. 12년간 자전거에 미쳐 지구 몇 바퀴쯤 돌면서 만든 튼튼하고 자랑스러운 내 다리. 헬스장 트레이너 선생님도 혀를 내둘렀던, 고강도 유산소 운동으로 단련된 지구력 높고 회복력 좋은 내 다리. 그러면서도 시원시원 길쭉한 내 다리. 거울 앞을 지나갈 때면 힐끗힐끗 보이는 울룩불룩한 근육이 자랑스러웠던 내 다리. 그런 다리 하나가 지금쯤 병원 의료용 폐기물 박스에 처박혀 있으려나. 발가락은 성했는데……. 다리를 절단했다는 사실이 새삼 묵직하게 마음을 뒤흔들어 놓았다.

우울감에 빠져 있는 동안 입원 수속이 진행되었고 나는

---

* 　자덕(자전거 덕후)의 태닝라인: 자전거용 반팔 저지와 5부 바지를 입은 채 피부를 태워 선명하게 그을린 피부와 그렇지 않은 쪽 사이에 생긴 선을 말한다.

근로복지공단 인천병원 2층 창가에 자리를 잡았다. 몸에 열이 많아서 더우면 정말 못 견디는데 아주대병원보다 병실이 시원해서 다행이었다. 하루를 보내고 처음 맞은 아침, 회진을 온 의사 선생님은 말했다.

"척추보호대 12주 진단이죠? 아직 9주 남았으니 척추가 완전히 붙을 때까지 앞으로 9주간은 아무것도 하시면 안 됩니다. 앉는 것도 해로우니까 가급적 누워만 계세요. 9주 후에 척추가 문제없이 붙으면 재활의학과로 이관시켜 드릴게요."

예에? 아니 이게 무슨 소리야, 아주대병원에서 하루하루 불지옥 드레싱의 고통을 겪으면서도 조금씩 나아지는 모습에 힘을 내서 치열하게 버텨온 나에게 아무것도 하지 말라니. 나는 9주 동안 썩으러 여기에 온 게 아닌데? 지난 3주간 회복을 위해 열심히 달려왔는데 지금보다 세 배나 긴 기간 동안 가만히 멈추어 있으라는 지시는 너무 가혹했다. 처음 척추 골절이 발견되었을 때보다 멘탈이 더 흔들렸다. 바로 재활을 하고 싶었던 것은 내 욕심일까? 갑자기 병원 생활이 무의미해 보이고 침전의 방에 빠져든 것처럼 눈에 보이는 모든 것들이 답답하게 느껴졌다.

나는 재활을 목적으로 이 병원에 왔다. 재활치료가 이루어지지 않는다면 병원에 있기 싫었다. 이곳은 내가 있어야 할 곳이 아니라는 생각이 강렬히 샘솟았다. 이곳 환자들은 모두들 흔한 수액 바늘 하나도 꽂고 있지 않았고, 아침부터 저녁까지 재활치료에 배정되어 있어 하루 세 번 밥 먹을 때와 잘 때를 빼고는 병실에 누워 있는 사람이 하나도 없었다. 오직 한 놈, 나만 빼고.

마음이 답답해 하루 종일 어머니와 실랑이를 했다. 두 달 동안 가만히 누워 있을 거면 집에 누워 있어도 되잖아요. 먹고 싶은 거 먹고, 마음 편히 똥 싸고, 잠 편하게 잘 수 있고, 영지도 집에 있잖아요. 어차피 아무것도 안 할 거, 두 달 동안 집에서 마음 편히 쉬고 재활할 때 다시 입원해도 되잖아요.

이곳의 하루는 아주대병원에서의 주말보다도 훨씬 지루했다. 오전 6시 기상, 8시 반 회진, 9시 드레싱을 마치면 일과가 끝났다. 회진 오는 정형외과 선생님도 덕담 수준의 말을 건넬 뿐이었다. 어쩌다 앉아 있는 모습을 보이기라도 하면 잔소리를 들었다.

"잘 계시죠? 식사 잘하시고 누워서 푹 쉬세요. 앉아 있으면 안 됩니다."

아무런 활동 없이 하루 종일 누워만 있는 데다가 마음이 조급해지니 스트레스로 환상통이 점점 더 심해졌다. 통증은 주로 아무도 없는 밤에 찾아온다. 다리를 절단하기 전부터 외상외과 교수님이 환상통에 대해 걱정했는데, 환상통은 없는 절단부위가 마치 있는 것처럼 느껴지는 현상으로 절단환자의 대부분이 겪는다고 했다. 환상통의 강도와 양상, 지속기간, 치료방법은 모두 뚜렷하게 밝혀진 것이 없다고 했다. 다리를 자르면, 없는 다리가 멀쩡한 다리보다 더 생생하게 느껴진다. 발가락을 꺾고 발뒤꿈치를 깎아내는 것 같은 고통이 계속되었다. 그렇게 침전의 방에서 아무도 공감할 수 없는 고통을 겪고 있을 뿐이었다.

아무것도 하지 않은 채 20일이 지났다. 그동안 화상을 입었던 어깨 부위에 매일 드레싱을 새로 했지만 호전되지 않고 계속해서 괴사가 진행되어 새까맣게 변하고 말았다. 의학적 지식이 없는 내가 봐도 큰일이 난 것을 한눈에 알 수 있었다. 인천병원에는 성형외과*가 없어서 아주대병원으로 다시 전원하고 피부이식술을 받는 것으로 결정했다. 아무런 진전 없이 20일 만에 다시 아주대병원으로 돌아가

---

* 　 미용 목적의 성형외과가 아닌 선천적·후천적 기형이나 변형을 재건recon-structive하는 성형외과.

야 했다. 코로나19 때문에 커튼도 꼭 닫고 있어야 하고, 병동 밖으로는 한 걸음도 나갈 수 없는 곳. 그런 곳으로 돌아간다고 하니 나도 어머니도 마음이 답답했다. 그저 잘 버텨서 빨리 낫고 돌아오자는 마음뿐이었다.

또다시
입원

아주대병원에 다시 입원한 다음 날, 어깨 부위의 괴사된 조직을 제거하고 피부이식 밑바탕이 될 조직을 살리는 1차 수술을 진행했다. 수술 결과는 좋지 않았다. 괴사조직을 제거하고 보니 괴사가 이미 너무 많이 진행되어서 바로 근육층이 드러났고* 어쩔 수 없이 양쪽 피부를 세게 잡아당겨 손바닥만 한 구멍을 봉합해버렸다고 했다. 그마저도 피부를 당기는 데에 한계가 있어서 손가락 두 개 만큼의 피부는 봉합하지 못하고 남겨둔 채였다. 가만히 있어도 앞가슴이

---

* 피부이식을 하려면 이식편을 받아들일 최소한의 피부층이 남아 있어야 한다.

당기는 게 느껴질 정도였고, 마취가 풀린 후에는 엄청난 고통이 동반되었다.

어깨에 커터칼 조각과 압정을 털어 넣고 봉합했다면 이해될 것 같은 고통이었다. 당장 어깨가 터질 것 같아 꼼짝도 할 수 없었다. 무통주사를 신청했지만 무슨 이유에선지 네 시간이나 투입이 늦어져 이를 꽉 깨물고 주먹을 쥐고 부들부들 떨면서 오롯이 고통을 맞이해야 했다. 수술 경과가 좋지 않아 2차 수술 날짜가 미루어졌고, 일주일을 또다시 아무것도 하지 못하고 지냈다.

지난주만 하더라도 의족만 하면 곧 걸음마를 할 수 있을 것 같은 발달상태(10개월 아기 수준)에 있던 나는 하루아침에 뒤집기도 못하는 발달상태(4개월 아기 수준)로 퇴화했다. 봉합 부위가 뜯어질 우려가 있어 팔 고정대를 했고, 척추보호대, 최고 용량의 진통제, 수액, 음압 드레싱*까지 몸에 연결되어 있어서 움직이려야 움직일 수가 없었다. 하루에 한 번, 기저귀 대신 직접 화장실에서 대변을 보기 위해 화장실에 가는 것도 많은 용기가 필요했다. 조금만 잘못 움직이면 어깻죽지를 수많은 바늘이 찔러대는 듯한 통증이 몰

---

* 수술부위에 음(-)압을 걸어 상처 표면의 조직과 혈관 신생에 도움을 주는 기계. 피와 체액을 뽑아낸다.

려왔다. 똥을 기어이 화장실에 가서 싸는 것이 지금의 내가 어머니에게 할 수 있는 최대한의 효도였다.

일주일이 지나고 2차 수술 예정일이 다가왔다. 수술 전날 저녁, 수술동의서를 작성하고 나니 전공의 한 명이 면도를 하러 왔다. 그는 피부 이식편을 떼어낼 곳을 면도해야 한다고 했다. 나는 절단 수술 후 수축되고 있는 왼쪽 허벅지에서 이식편을 떼어내는 것이 좋겠다고 말했지만, 이식편을 어디서 뗄지는 수술방에서 결정한다며 일단 양쪽 허벅지의 털을 다 밀어야 한다고 했다. 방금까지 눈을 마주치며 이야기하던 그 앞에서 나는 바지를 벗었고, 그는 허벅지 안쪽부터 면도를 시작했다. 꼼꼼히 안 밀어서 혼난 적이라도 있는지 싹싹, 구석구석, 깨끗이도 밀었다.

바지를 내리고 아찔하게 병상 천장을 올려다보고 있는 내가 더 주옥같을까, 남의 것을 이리저리 드리블하며 면도를 하고 있는 이자가 더 주옥같을까. 우리 둘의 주옥같음 정도를 수치로 나타내면 누가 더 주옥같은지 비교해보고 싶다. 하지만 무엇보다 가장 주옥같은 점은, 수술방에서 면도한 허벅지는 놔두고 엉덩이를 뜯었다는 것이다. 왜?!왜?!!

다음 날 이제는 익숙한 수술실의 싸늘한 공기와 공기만큼이나 차가운 조명 속에서 수술대에 올랐다. "약 들어갈게요"라는 말과 함께 팔 정맥을 따라 묵직한 느낌이 전해져오면 잠시 후 회복실에서 눈을 뜬다. 이번 수술은 문제없이 잘 진행되었고 수술 후에도 통증이 별로 없었다. 이식편 떼어낸 곳이 더 아플 거라고 했는데 깨끗한 도구로 깔끔히 잘라내서인지 사고 났을 때 생겼던 찰과상에 비하면 아무것도 아니었다. 수술실에서 달아놓은 진통제 외에 추가로 진통제를 맞지도 않았다. 매캐한 마취가스를 열심히 뱉어내니 금방 하루가 지나갔다.

마지막 수술이길 기도했다. 이제 정말로 회복할 일만 남았다고 생각하니 마음이 편해졌다. 앞으로 뭘 하고 살아갈지 하는 고민이 뒤따라왔다. 내가 지금껏 해온 일들이 과연 젊음을 바쳐 할 만한 가치 있는 일들이었는지 되짚어보았다. 부모님은 내게 지금껏 열심히 살았고 큰 사고에서 살아남았으니 새 삶에서는 하고 싶은 것을 다 해보라고 했다.

나는 지난 2주간 움직이질 못해서 수염이 꽤 자랐는데, 그 상태가 편하고 피부도 좋아져서 당분간 면도를 안 하겠다고 선언했다. 어머니는 하고 싶은 것을 다 해보고 살라고 하더니 고작 수염 기르는 일에는 무슨 짓이냐며 사색이 되어서 말렸다.

우리는 긴 레이스를
하고 있다

3주가 지나고 이식한 피부가 잘 자리를 잡았다. 다시 인천 병원으로의 전원이 확정되고 마침내 길고 길었던 아주대병원 2차 입원이 끝나는 날이다. 병실 안에서의 시간은 지독히도 느리게 흐른다. 아파하는 것 말고는 신경을 돌릴 일이 없기 때문이다. 당시 병동은 코로나19 영향으로 모든 병상이 커튼을 꼭꼭 닫고 지내야 했기에 벽과 커튼으로 둘러싸인 고작 한 평 남짓한 공간만이 내게 허락되었다. 바깥세상은 나 없어도 잘 돌아가고 나 혼자만 세상에서 지워진 채 고통 속에 살고 있는 것 같았다.

　나와 같은 외상환자의 경우에는 회복에 대한 의지를 굳게 다짐했다고 하더라도 시간이 지날수록 어제나 오늘이나 똑같이 아프고, 내일도 큰 변화가 없을 것 같은 두려움이 찾아오기 쉽다. 회복이 기대보다 굼뜨고, 이대로 있으면 근육도 빠질 것 같고, 재활이 어려울 것 같은 생각을 나 역시 떨치기 어려웠다. 몸의 회복이 늦어질수록 마음은 분주해졌다. 그럴 때마다 하루하루 써두었던 병상일기가 큰 도움이 되었다. 오늘은 어디가 얼마만큼 아팠고, 어떤 감정이 들었다는 것을 적어두니 나중에 일기를 다시 읽어보면서 이때는 내가 이렇게 다급했구나, 이때는 내가 이렇게 기특하게 생각했구나 하면서 조급한 마음을 다잡을 수 있었다.

짧게 보고 하루 전과 오늘을 비교하면 마음이 조급해지지만 한 달 전과 지금의 몸 상태를 비교하면 몸은 분명히 좋아지고 있었다. 혹여나 한 달 전과 비교해서 좋아진 것이 없더라도 우리는 긴 레이스를 하고 있다는 것을 잊지 않으면 된다.

사고를 겪은 지 어느새 두 달이 지났다. 초기에 매일 피부 드레싱을 할 때는 견디기 힘들 만큼 고통이 강렬했지만, 그만큼 회복은 빨라 나의 상태는 하루하루가 달랐다. 몸은 천천히, 착실하게, 꾸준히 회복되고 있었다.

내가 긍정적인 마인드의 힘으로 모든 고난과 역경을 부수고 이겨내는 남다른 사람이라서 이런 생각을 한 게 아니다. 좀 덜 아픈 날 가만히 누워서 생각해보니 그랬다는 것이다. 몸이 심하게 아플 때에는 다른 환자들과 똑같이 아무 생각 없이 그냥 버틸 뿐이다. 그게 내가 해야 하는 일이고 할 수 있는 일이었다. 그리고 아주대병원을 떠나던 날, 병상일기에는 다음과 같이 적었다.

> 아주대병원 2차 입원을 마무리 짓는 날. 오늘은 '이렇게 잘 낫고 있다'라고 못박아둘 수 있는 날이다. 인천병원에서의 성공적인 재활을 기대하며 '다음 달에는 두 발로 서고 말겠어, 자전거도 탈 거야'라는 조급함을 다시 한 번 가져가본다.

자전거를
다시 탈 수 있을까

걷고, 뛰고, 자전거를 타고, 수영을 하는 것. 건강한 두 다리가 있으면 누구나 할 수 있는 일이다. 대단한 노력이 수반되는 상장 같은 일이 아닌, 다리가 있음으로써 기본적으로 할 수 있는 활동. 이 당연한 일들이 다리를 잃은 채 병상에 누워 있는 내게는 남은 평생 과연 다시 할 수 있을지 모를 일들이었다.

지금이야 의족을 이용해 거뜬히 보행을 하고 자전거도 타지만, 사고를 겪은 당시의 나에게 절단장애인의 회복 이후의 삶에 대한 정보는 절대적으로 부족해 자신할 수 없었다. '재해자의 원직장 복귀'를 1차 목표로 하는 산재병원은 근로자·사업주의 복귀 지원 프로그램은 잘 마련되어 있었으나, 일터가 아닌 삶으로 복귀하는 방법을 가르쳐주지는 않았다. 근로자 이전의 '나'는 어떻게 하면 다시 행복한 삶을 살 수 있을까? 혼자서 고민하는 시간이 늘어갔다.

물론 제도적인 도움을 받을 순 있으나 일터로 복귀하는 것도 녹록한 일은 아니었다. 돌이켜 생각해보건대, 복직을 해서 다른 직원들에게 피해를 주지 않고 오롯이 1인분의 역할을 해낼 자신이 없었다.

나는 화학회사에서 연구직으로 근무하고 있었다. 하지만 내가 해온 일들은 흔히 실험실 연구원의 이미지로 떠오르는, 조그마한 플라스크와 시험관을 기울이며 현상과 원리를 탐구하는 일이 아니었다. 고분자 연구원인 내 일은 작은 실험실 안에서 하는 것이 아니고, 그램이 아닌 킬로그램 스케일에서 이루어지는 연구가 대부분이었다. 원료 창고에서 팔을 걷어붙이고 200킬로그램짜리 드럼통을 굴리며 원료를 소분하고 있노라면 '이럴 거였으면 공대생 말고 체대생을 뽑지 그랬어' 하는 속마음이 튀어나왔다. 나중에 치료를 마치고 의족을 아무리 자유자재로 사용하더라도 그런 일은 할 수 없을 터였다.

이런 고민에 빠져있을 때쯤 SNS에서 내 소식을 접한 어떤 이가(아마 그도 절단장애인이었을 것이다) 이런 메시지를 보내왔다.

"찬종 님, 무릎만 있으면 못할 게 없습니다. 힘내세요!"

응원이 무색하게 나는 무릎이 남아 있지 않았다. 아마 내가 사고를 알리는 글을 SNS에 올렸을 때 절단부위가 어디인지 정확하게 표현하는 것에 서툴러, 무릎관절을 분리한 것을 두고 '무릎 아래를 절단했다'라고 표현했기 때문일 것이다. 잘못된 표현으로 장애 정도를 오해하도록 한 것이 참사의 원인이 되고 말았다. 분명 응원의 뜻으로 보낸 메시지였지만 나에게는 큰 충격으로 다가왔다. 아, 무릎만 있었어도 못할 게 없었겠구나. 그러면 나는 이제 못하는 게 많겠구나. 이런 생각이 나를 한층 더 비참하게 만들었다. 자연스럽게 복직에 대한 기대는 접었고 최소한의 인간적인 삶을 영위하는 것에 대해 고민했다.

이 몸으로 무얼 할 수 있을까에 대한 고민은 몇 날 며칠 이어졌다. 천천히 시간을 두고 대퇴절단장애에 대해 찾아보니 정말 '무릎만 있으면 못할 게 없어' 보였고, 무릎이 없으면 할 수 없는 활동이 너무나 많았다. 달리기, 계단이나 경사면 오르기, 쪼그려 앉기, 장애물 건너기, 자전거 타기 등 다리를 사용하는 대부분의 활동은 무릎관절을 필수적으로 요구했다. 구글에서 검색해보니 계단을 오를 수 있게 해준다는 최신형 의족에는 15만 달러(약 2억 원)라는 가격표가 붙어 있었다. 처음에는 0이 잘못 붙어 있는 줄 알았다. 2천만 원이 아니고 2억?

답답한 심경으로 '다리절단', '절단장애', 'Amputation', 'Amputee'* 등을 검색하며 시간을 보내던 내 눈에 들어온 것은 바로 패럴림픽**이었다. 온갖 재앙과 악이 담겨 있었던 판도라의 상자 안에 마지막으로 남아 있었던 것은 '희망'이라고 했던가. 대부분의 사람들은 평생 살면서 한번도 관심 주지 않을 키워드가 내게는 희망으로 가득 찬 선물상자 같았다. 세상에서 가장 성공적인 재활 과정을 거친 사람들만이 출전할 수 있는 무대가 패럴림픽이 아닐까? 그때부터 나는 목표가 생겼고, 유튜브에서 패럴림픽 경기를 찾아보기 시작했다. 주로 사이클, 마라톤, 트라이애슬론(철인3종경기) 영상을 보았다.

패럴림픽 경기에서 장애를 지닌 선수들이 비장애인보다 더 빨리 뛰고, 더 잘 헤엄치고, 더 자전거를 잘 타는 모습은 내게 용기를 주기에 충분했다. 오른쪽 허벅지를 절단한 선수가 왼발 하나로 페달을 밟아 도쿄 패럴림픽 금메달을 따

---

*   팔다리 절단 수술을 받은 사람
** 패럴림픽paralympics: 올림픽과 마찬가지로 4년마다 열리는 장애인들의 스포츠 축제로 올림픽 폐막 후 이어서 열린다.

는 모습은 심장이 저릿한 감동을 주기까지 했다. 비록 비장애 엘리트 경기보다 조금 느리고, 카본 발이 미끄러워 넘어지기도 하고, 절뚝이며 달리는 선수들도 있었지만 그 정도면 내게 충분했다.

내 목표는 그들처럼 달리고, 자전거를 타고, 수영하는 것이 되었다. 다리가 있을 때는 달리기를 싫어했고 수영도 못 했는데, 신기하게도 다리가 하나 없어지고 보니 달리기도 하고 싶고 수영도 배우고 싶어졌으니 사람의 마음이란 참 아이러니하다.

나의 엔진이
꺼졌다

자동차 용어 중에 '엔진 블로'라는 것이 있다. 네이버 백과 사전에 보면 '실린더 벽과 피스톤 사이의 메탈 등에 윤활된 오일의 막이 없어지고 부품 서로가 직접 마찰하여 눌어붙는 것'이라고 설명하고 있다. 유막^{油膜}이 없어지는 원인으로는 엔진의 과열이나 허용 회전수 이상으로 엔진이 작동되었을 때를 꼽는다. 쉽게 말해 엔진이 완전히 망가져 영영 사용할 수 없다는 뜻이다. 나의 엔진이 '블로(퓨즈가 나가다)'되었다는 것*을 알게 되기까지는 그리 오래 걸리지 않았다.

---

*   자전거 라이딩에서는 흔히 허벅지를 엔진이라고 한다.

다리를 절단하는 수술은 어떻게든 최대한 무릎관절을 살리는 방향으로 이루어진다. 하지만 외상 위치가 너무 높아 무릎관절을 도저히 살릴 수 없는 경우, 대개 절단 위치를 확 올려서 무릎 위 10센티미터를 절단한다. 환자가 나중에 의족을 사용한다고 가정하고, 의족 부품들이 모두 제 위치에 들어가고도 의족의 굽힘축이 건측(건강한 쪽) 무릎관절의 굽힘축과 같은 위치에 있게 만들기 위해서다. 기능상뿐만 아니라 미관상으로 보았을 때도 그렇게 하는 편이 좋다. 무릎 위 10센티미터를 절단하지 않으면 의족을 했을 때 양쪽 무릎의 높이 차이가 나고, 앉으면 의족 쪽 무릎이 훨씬 튀어나온다.

수술 전에 나도 이와 같은 세부 사항을 고지받지 않은 것은 아니다. 다만 다리를 잃는다는 사실 자체가 너무 큰일이라 "무릎 위치가 달라져서 미관상 좋지 않습니다"라는 설명은 귀에 들어오지 않았다. 당시에는 내 멀쩡한 다리 10센티미터를 왜 더 자르는지가 이해되지 않았기에 "다리를 최대한 살려주세요"라고 말하고 잠에 들었다. 나는 무릎관절 가운데까지 도저히 손을 쓸 수 없는 상태였고 내 마지막 요청대로 담당 교수님은 대퇴골(넓적다리의 뼈)을 그대로 두고 무릎관절을 분리하는 방식, 즉 '슬관절 이단술'로 수술을 진행했다.

다리 근육을 어디까지 쓸 수 있는지 생각할 여유는 없었다. 수술 후 풍선처럼 부어오른 다리는 잘 움직여지지도 않았고, 근육에 힘을 주면 경련하듯 부들부들 떨리면서 날카로운 통증이 뒤따랐다. 대퇴골과 허벅지는 그대로 있기 때문에 막연히 시간이 흐르고 충분히 회복되면 자전거를 탈 때 허벅지 근육은 사용할 수 있으리라고 생각했다.

시간이 지나면서 봉합 부위는 아물었고, 의족을 맞추려면 부종이 빨리 빠져야 했다. 재활의학과 선생님은 부종이 빠지려면 다리에 압박 붕대를 꼼꼼히 감아야 한다고 했다. 나는 유튜브로 붕대 감는 법을 배워서 철저하게 감았다. 내가 감은 붕대를 본 재활의학과 선생님은 백점이라고 했다. 병동 간호사 선생님들도 나한테 배워야겠다고 했을 정도다. 곧 부종이 빠지기 시작했다. 일단 줄어들기 시작한 부종은 내 생각보다 더 빠르게, 더 많이, 조금 이상할 정도로 빠졌다. 그리고 왼쪽 다리는 내가 기억하는 다리의 모양보다 더 가늘어졌다.

처음에는 단순히 운동을 하지 못해서 그런가 보다 치부했지만 생각보다 빠르게 다리가 홀쭉해져버리는 것이 이상해서, 광주에서 함께 자전거를 탔던 정형외과 원장님께 전화를 걸어서 질문했고, 뜻밖의 대답을 들을 수 있었다. 원장님은 안타까워하시면서 낮고 작은 목소리로 말했다.

"슬관절 이단술을 했으면 허벅지에 있는 근육 거의 대부분은… 이제 쓸 방법이 없지……."

사실 해부학적으로 심층적인 지식이 없어도 깊게 생각해보면 알 수 있었다. 근육이란 원래 서로 다른 두 개의 뼈에 연결되어 수축·이완하며 관절을 구부린다. 자전거를 타는 데 핵심적인 허벅지 근육은 모두 허벅지뼈 위쪽에서 출발해서 정강이뼈로 이어지는 무릎인대에 연결되어 있다. 나는 이제 정강이뼈도, 무릎인대도 없다. 허벅지 근육이 아무 곳에도 연결되어 있지 않다는 뜻이고 수축해서 힘을 낼수 없다는 말이다. 원장님은 슬관절 이단을 하면 영영 허벅지 근육을 사용할 방법이 없고 앞으로 완전히 축소될 일밖에 남지 않았다고 부연 설명했다.

아아, 나의 엔진 하나가 꺼졌다. 완전히 꺼졌다.

내가 의족이 없지,
의지가 없냐!

엔진 하나가 꺼졌지만 놀랍게도 나에겐 하나의 엔진이 더 남아 있었다. 바로 오른쪽 다리였다. 다리가 1.5개 남은 줄 알았는데 사실은 1개 남은 것이었다고 해도 뭐 어쩌겠는가. 좀 더 천천히 달리면 되겠지. 병상에서 제일 쓸데없는 것이 신세한탄이다.

나는 오히려 새 자전거를 알아보기 시작했다. 지금 생각해보면 우울감을 없애기 위해 더 자전거에 매달렸던 것 같다. 스무 살 여름, 취미로 자전거를 시작한 이후로 단 한 순간도 내 자전거가 없었던 적이 없었다. 5톤 트럭에 말려들어간 내 자전거는 한동안 사고현장에 방치되어 있다가 트럭 기사가 고물상에 넘겼다고 했다. 불쌍한 내 캐논데일 자전거는 마음속에 묻고 새로운 자전거를 탐색했다.

지금까지는 쭉 고성능 레이싱 바이크를 탔는데 이제는 한 다리를 사용하지 못하니 힘 전달이 좋은 단단한 프레임은 성능을 발휘하기 힘들 것 같았다. 앞으로 다시 자전거를 탄다고 해도 한강 마실 수준일 것 같아서, 영지랑 편안한 라이딩을 할 수 있는 자전거를 주로 찾아보았다. 사이즈가 맞는 신품 자전거는 찾을 수 없어서 중고장터를 뒤지던 중에, 못 말리는 자덕*인 나는 잘 빠진 TT 자전거를 발견하고 말았다.

TT^Time Trial 자전거는 일정 구간을 최단 시간에 주파하는 독주 경기나, 장거리를 혼자서 달리는 철인3종 경기에 주로 사용한다. 불편하더라도 몸은 최대한 욱여넣어 공기저항을 줄여서 기록을 단 0.1초라도 단축하는 목적을 지닌 자전거다. 가격이 비싸고 라이딩 자세가 불편해서 범용성은 매우 낮다. 전문 철인3종 선수나 목적에 따라 여러 대의 자전거를 갖고 있는 이들이 독주 대회 출전용으로 들이곤 한다. 사실 지금의 나에겐 매우 어울리지 않는 자전거이고 척추골절과 어깨부상 때문에 핸들도 제대로 잡지 못할 가능

---

*　자전거에 일본어 '오타쿠'를 한국식으로 발음한 오덕후의 줄임말 '덕후'를 붙인 것으로, 자전거 마니아라는 뜻이다.

성이 컸지만, 이거 하나 사 두면 타고 싶은 마음에 재활의
지가 활활 불타오르지 않을까 하는 매우 합리적인 논거가
만들어졌다. 걷고 뛰는 것이 내 목표라면, 나중에 듀애슬론*
경기에 출전할 때 사용하면 든든하지 않겠어? 영지에게 이
야기를 하면서 자전거를 사겠다고 했더니, 영지는 누구나
예상 가능한 반응을 보였다. 그러나 마음 약한 영지는 이내
허락해주었고, 나는 당장 판매자에게 연락해 구매의사를
알렸다.

　중고로 구매하는 자전거는 제품 상태를 확인할 필요가
있다. 문제는 내가 다리 없는 채로 병원에 입원해 있다는
것이고, 코로나19 때문에 외출도 불가능하다는 것이다. 그
래서 퀵서비스로 받아 병원에서 자전거를 확인하기로 했
다. 자전거를 받기로 한 날이 되고, 퀵 기사님께 전화가 왔
다. 네네, 신관 1층 주차장에 계시면 제가 나갈게요. 눈이
오는 날이었다. 나는 휠체어를 밀어 주차장으로 나갔다. 상
상도 못했던 수령인의 정체에 퀵서비스 기사님은 적잖이
당황한 눈치였다. 그도 그럴 것이, 자전거를 배송하러 왔는

---

*　수영, 사이클, 달리기를 이어 하는 경기인 철인3종 경기를 트라이애슬론
　Tri-athlon, 철인3종에서 수영이 빠진 2종 경기를 듀애슬론Du-athlon이라고
　한다.

데 다리가 없는 사람이 나오다니!

　사정이야 어찌되었든 자전거인에게 'NEW BIKE DAY'
는 너무 신나는 날이다. 꼼꼼히 자전거 상태를 확인하고 병
원복을 입은 채로 자전거 위에 올라타 사진 한 장을 찍어
SNS에 올렸다. 내가 의족만 생기면 꼭 다시 이 자전거를 타
겠다는 의지를 불태우며 한 줄의 메시지도 남겼다.

　　내가 의족이 없지, 의지가 없냐?

　다음 날, 처음 사고 소식을 공유했을 때보다 더 크게 세
상이 뒤집어진 듯했다. 핸드폰 알림이 멈추질 않았다. 몇
만 건의 '좋아요'가 눌렸고 온갖 커뮤니티에 내 글의 캡쳐
본이 돌았다. 덕분에 초등학교 이후 잃어버렸던 소중한 친
구 두 명을 찾아 지금까지 연락을 하게 되었고, 중고를 샀
는데도 내가 산 브랜드의 대표님에게서 전화가 왔고, 장애
인 사이클 국가대표 감독님에게도 메시지가 왔다.

　급하게 찍은 사진 한 장이었지만 내가 사람들이 생각하
는 것보다 괜찮은 상태이고, 앞으로도 힘차게 전진할 것임
을 알리는 신호탄이 되었으며, 앞으로의 삶의 방향에도 변
곡점이 되었던 게시물이다.

관종이라는
오해와 혐오 표현

SNS에 사고 소식을 공유한 이후, 몇 번의 파도가 밀려왔다. 사람들이 내 게시물을 다른 커뮤니티로 퍼다 나르면서 엄청난 관심이 쏟아졌다. 대부분의 정상적인 관심은 나를 향한 응원으로 이어졌다. 반면 비정상적으로 화나 있는 일부의 K-누리꾼들은 나와 같은 사회적 약자를 가만두지 않았다. 굶주린 악어 떼처럼 나를 씹고 뜯고 맛보고 즐겼다.

며칠이 지난 후, 그들이 믿는 내 상태는 '속은 썩어 문드러졌지만 관종이라서 밝은 척 연기하고 있는, 곧 자살할 사람'이 되어 있었다. 게다가 '장애인이 결혼할 수 있겠냐'라는 조롱까지 뒤따랐다. 그들이 나를 물어뜯는 이유는 단순했다. 바로 자전거를 탔기 때문이다.

사실 SNS에 사고 소식을 공유했을 때부터 이런 반응을 어느 정도 예상했다. 나와 트럭 기사 중에 누가 더 물어뜯길지에 대한 관건은 과실 여부를 떠나 '자라니'와 '빅딸배' 중 누가 더 대중에게 혐오의 대상인가 하는 문제였다.

'자라니'란 몇 년 전부터 온라인 자동차 커뮤니티 중심으로 사용되는 자전거 이용자에 대한 혐오감을 드러내는 표현이다. 도로에서 마주치는 자전거 이용자가 고라니처럼 로드킬을 당한다는 의미가 담겨 있다. '빅딸배'는 배달업 종사자를 조롱해 '달배', '딸배'라고 부르던 것에 대형 트럭을 의미하는 'Big'을 붙여 '빅딸배'라는 혐오 표현으로 발전한 것이다.

내 사고를 조리돌림하며 물어뜯던 온라인 투견장에서는, 사랑하는 이와의 결혼을 앞두고 목숨을 잃을 뻔했던 33세 청년과 마지막 순간에 피해자의 손을 잡고 절규했던 트럭 기사에 대한 서사는 찾아볼 수 없었다. 사건을 둘러싼 진실과 복잡한 감정은 여러 혐오 표현들과 함께 놀라우리만큼 빠르게 평면화되었고, 삽시간에 흥미진진한 자라니와 빅딸배에 대한 혐오 전쟁으로 변질되었다. 그야말로 대혐오의 시대를 실감하게 된 순간이었다.

아무 배경이 없는 사람이라면 이러한 악성 댓글 하나하나에 몹시 괴로웠겠지만 6년 차 유튜버인 나에게 이 정도는 전혀 데미지가 없었다. 더구나 이미 내 상황을 충분히 받아들인 상태였기 때문에 댓글 따위에 흔들리지 않을 수 있었다. 내게 악성 댓글을 남기는 사람은 지금까지의 나에 대해 전혀 모르고 앞으로도 내가 어떤 삶을 살아갈지 관심이 없을 것이다. 영화 같은 내 삶의 서사에서 단 한 프레임의 사진만 보고 나를 비난하는 사람들의 말에 휘둘릴 필요는 없다. 나는 내 미래를 다시 설계하기에도 바빴다.

그러나 이와 같은 나의 입장은 인지적인 측면이었다. 나의 무의식은 고통을 호소했다. 매일 새벽이면 악몽에서 소리를 지르며 깼다. 다시 잠에 드는 것이 무서워 뜬눈으로 밤을 새기도 했다. 부족한 수면으로 인한 컨디션 저하는 회복에 좋을 것이 없었다. 잠이 부족할수록 환상통도 심해졌다. 사고 후 처음으로 아침까지 깨지 않고 자본 것은 사고로부터 꼭 70일이 지난 후였다. 티미는 내게 분명히 다리를 잃은 만큼의 정신적 상실감이 있을 테니 마음의 건강을 간과하지 말라고 했다. 나는 어느 정도 급성기 치료가 끝났다고 보이는 시점에 정신과 진료를 요청했다.

"어떤 검사를 하더라도 굉장히 나쁜 결과가 나오실 겁니다. 그런데 지금 시기에는 그게 지극히 당연한 거예요. 조금 더 시간이 지나고 나면 무의식에 남은 상처를 들여다볼 수 있을 겁니다."

　정신과 선생님은 지금 괴롭고, 비명을 지르며 잠에서 깨는 것이 지극히 당연한 현상이며 오히려 아무렇지 않다면 그게 이상한 것이라고 했다. 내 무의식을 들여다보게 된 것은 그로부터 세 달쯤 지난 후였다.

　수많은 심리검사가 배정되고, 임상심리사 선생님과 꽤 오랜 시간 동안 검사를 실시했다. 나는 심리검사에서 점수만 나타나는 줄 알고 무방비로 검사에 임했는데, 임상심리사 선생님은 검사가 진행되는 내내 나를 치밀하게 관찰하고 있었다. 검사가 끝나고 받아본 심리평가 보고서에는 이런 내용이 잘 드러나 있다.

　　휠체어에 탄 채 혼자 입실하였으며, 위생상태는 양호하였으나 수염이 덥수룩하게 긴 모습이다.

　나는 아주대병원에서 화상 수술을 마치고 팔을 움직이지 못하게 된 이후부터 수염을 그대로 기르고 있었다. 내 눈에는 수염 난 얼굴이 자연스러웠는데 '위생상태는 양호하였으나 수염이 덥수룩하게 긴 모습'이라는 객관적인 표현은 웃기고 창피했다. 나름대로 깔끔히 씻고 단정히 정돈

하고 갔던 건데, 수염이 스타일로 보이지는 않았구나.

> 검사 전반에 걸쳐 눈 맞춤은 잘 이루어졌으나 표정이나 정
> 서 표현이 매우 제한적이었으며, 예의 바르지만 무미건조한
> 인상이었다.

투세^{Touché}! 펜싱 경기에서 상대방에게 정곡을 찔렸을 때 사용하는 표현이다. 가슴이 콕 찔린 듯 아팠다. '예의 바르지만 무미건조한 인상'이라는 표현이 나를 꿰뚫어보는 듯했다. 내가 얼마나 못났는지 내 앞에 거울을 가져다 둔 것만 같았다.

임상 심리평가에서 주의가 필요한 수준의 우울, 불안, 심리적인 고통이 측정되지는 않았다. 다만 내가 타고난 기질과 양육환경의 영향 등으로 내면의 우울이나 고통을 다소 부인하고 축소하고 있을 가능성이 있다고 했다. 또한 다행스럽게도 내가 지닌 심리적인 자원이 풍부해서 지금처럼 고통스러운 상황에서도 침착하고 위기상황에서도 안정을 유지할 수 있다는 결과도 함께 들었다.

"저 스스로 우울이나 고통을 감추고 있다면 그걸 표출하는 게 좋은가요?"

"아닙니다. 박찬종 님은 원래 고통을 표출해서 해소하는 성격이 아닌 거니까, 병이 되지 않게 잘 다스리고 관리하고 있는 것이라면 지금 이대로 괜찮습니다."

그럼에도 아직 트럭이나 교통사고에 대한 트라우마가 있는 것이 확인되어 외상 후 스트레스 장애[PTSD]를 추가상병*으로 신청하기로 했다. 병원에서는 입원환자들을 대상으로 그룹 멘탈 관리 프로그램을 운영했는데, 기대를 안고 참여했다가는 오히려 더 우울해질 것 같아 빠져나오기도 했다.

기억 속에 남은 사고 자체의 공포는 어쩔 수 없다. 하지만 장애를 지니게 된 것에 대한 우울감과 좌절감은 암살 개그를 통해 가볍게 흘려보낼 수 있었다. 나는 비록 아픔은 있지만 잘 다스리고 있고, 썩어 문드러지지도 않았다.

---

* 추가상병: 업무상 재해로 인해 상병이 있었으나 최초 산재 신청을 할 때 누락되었거나 파생되어 발견된 상병.

장애인으로 사는
첫 번째 날

화상 수술 이후 마지막 경과를 확인하기 위해 아주대병원 성형외과 외래진료를 가는 날이었다. 코로나19 시국의 입원환자에게 외출은 사유를 불문하고 굉장히 설레는 일이었다. 아침 일찍 일어나 영지와 함께 준비를 하고 직접 운전을 해서 아주대병원으로 갔다. 새벽에 비가 약간 지나갔지만 출발할 때는 해가 뜨고 날씨가 갰다. 아주대병원은 장애인 지원 서비스가 잘되어 있었다. 교통약자 무료 발렛 서비스가 있어서 병원 입구 근처에 내려 바로 이동하도록 되어 있었다. 그런데 당시 나는 아직 장애인전용구역 주차허가증이 나오지 않은 상태였다. 직원이 오더니 창문을 두드리며 말했다.

"선생님, 이곳은 장애인주차증이 있어야 발렛이 가능합니다."

"아…… 주차증은 아직 없는데, 이거면 되나요?"

붕대로 감긴 짧은 다리를 들어 휘적휘적 보여주었다. 그는 화들짝 놀라며 나를 대기구역으로 안내해주었다. 주차를 도와주시는 분께 차를 맡기고 조심히 일어나 목발을 짚고 공용 휠체어가 있는 병원 입구로 향했다. 천천히 철컥, 철컥, 한 걸음, 한 걸음.

순간, 아침에 온 비에 촉촉하게 젖어 있던 우레탄 보도블럭 위에서 왼쪽 목발이 힘없이 쭉 미끄러졌다. 무게중심이 훅 기울어졌고 본능적으로 왼발을 내디뎠지만 소시지 같은 허벅지가 허공에서 휘적였을 뿐 가차없이 그대로 몸이 기울어졌다. 다행히 넘어질 때 잘 굴러서 크게 다치지는 않았다.

'후……. 다리가 없는 사람의 외출이란 이런 거구나…….'

병원 입구의 붐비던 사람들의 시선이 한순간에 나에게 집중되었다. 정신이 번쩍 뜨이고 얼굴이 확 달아올랐다. 예전 같으면 가뿐하게 일어나 탈탈 털고 영지랑 웃겼다고 창피하다고 너스레를 떨며 걸어갔겠지만 이제는 가뿐하게 일어날 방법이 없다. 다리가 없이 넘어진 것이 처음이라 쉬이 벌떡 일어날 수가 없었다.

깊은 한숨을 내쉬고 일어서기 위해 바로 고쳐 앉았다. 내 바로 뒤에 따라오던 영지가 어깨 밑에 손을 넣어 나를 일으키려고 했다. 안 돼 안 돼, 나를 어떻게 들려고. 먼저 목발을 세워 들고 몸을 추스르려는데 건장한 병원 직원이 달려와 나를 번쩍 들어 일으켜주었다. 분명 고마운 도움이지만 나 혼자 일어설 수 있었는데 내 의사도 묻지 않고 들려 일으켜지니 조금 무력해지는 기분이었다. 그래 이거구나. 넘어진 것보다 자존심이 상하는 것은, 당장 도와주어야만 할 사람으로 보여진다는 것이었다. 마음속에 약간의 우울감이 피어올랐다. 앞으로 분명 내 남은 인생에선 오늘처럼 호의에 대한 감사함과 무력감이 뒤섞인 감정을 수없이 마주할 것이고 그중 오늘이 첫 번째였을 거야. 아무것도 아닌, 정말 사소한 첫 번째.

진료를 마치고 인천병원으로 돌아가기 전에 집 근처 행정복지센터에 들렀다. 장애인 등록을 한참 전에 신청했는데 이제야 처리가 완료되었다고, 복지카드를 본인이 직접 수령해야 한다고 연락이 왔기 때문이다. 복지카드는 신분증처럼 장애인임을 증명하는 데에만 사용되는 카드와 자동차 하이패스나 각종 장애인 할인 적용이 가능한 신용카드형 복지카드가 있다. 신용카드형을 선택하고 꽤 많은 서류를 작성하고 나니 장애인전용구역 주차증이 발급된 것이다. 담당 공무원의 설명이 이어졌다.

"가스요금 할인이 됩니다. 여기로 전화하시고요, 전기요금 할인이 됩니다. 여기로 전화하시고요, 통신요금은 여기로, 자동차세는 여기로……."

뭐 대충 여러 곳에 복지할인이 있으니 직접 전화해서 신청해보라는 이야기였다. 알아서 해주는 것은 하나도 없었다. 장애인 등록하면서 받는 그 많은 서명은 다 어디 쓰이는 것일까? 한전이나 도시가스, 국세청, 국민연금, 보건복지부는 행정기관에서 한 번에 신청해주면 안 되는 것일까……? 새로 장애를 얻어 힘들어하고 있는 사람에게 그 정도는 시스템으로 배려해줄 수 있는 것 아닐까? 어렵다, 어려워.

사실 한 달이 넘게 걸리는 장애인 등록 신청절차도 불만이었다. 운동기능·지적장애인이라면 전문가의 면밀한 판단이 필요하니 그럴 수 있다고 해도, 절단이면 누가 봐도 분명하고 영원히 회복되지 않는 장애인데 다른 장애와 똑같이 일괄적으로 심사가 오래 걸리는 이유를 이해할 수 없었다. 단지 나의 불편함을 호소하고자 하는 것이 아니다. 사고로 장애를 얻은 장애인들 중에는 당장 생계가 곤란하고 긴급한 도움이 필요한 사람들도 있기 때문이다. 관할 부서에서 장애인 본인 확인만 확실히 해서 직권으로 즉시등록 해주고 국가에서 제공해줄 수 있는 복지서비스가 무엇인지 안내해준 후에 등록에 필요한 행정업무는 나중에 처리하면 될 텐데, 복지와 행정 모두 장애당사자에게 세심하지 못하다는 느낌을 받았다.

답답한 마음을 안고 병원으로 돌아왔는데 더 답답해지는 일이 있었다. 인천병원의 주차장 관리는 병원에서 직접 하지 않고 외주업체가 담당하는데, 한 달 주차 정기권은 6만 원이고 장애인 차량은 3만 원이다. 모든 장애인 등록 절차를 마치고 와서 한 달 정기권을 등록하겠다고 했더니 주차관리인의 대응이 가관이었다. 내가 관할 지자체장 직인이 찍힌 장애인전용구역주차허가증을 제시하며 '장애인 등록은 행정상 다 끝났고 복지카드는 신용카드라 카드사에서 수령하는 데 2주 정도 걸린다'라고 했더니 그는 복지카드를 보여주지 않으면 장애인 할인을 해줄 수 없다고 잘라 말했다. 2주 후에 복지카드를 수령해서 제시하면 3만 원 환급은 가능하냐고 물었더니 그는 환급해줄 것 같았으면 받지도 않았을 것이라며 코웃음을 쳤다. 결국 언성을 높일 수밖에 없었다. 장애인 주차증도 있고, 등록도 되어 있고, 실제로 장애인전용주차구역에 주차도 할 수 있는데 여긴 무슨 기준으로 안 된다는 거예요?

화가 났다. 그깟 3만 원, 내도 그만 안 내도 그만이지만 수용 인원 대부분이 장애인인 병원 주차장에서부터 이런 대응이라니 세상이 몹시도 미웠다. 바깥세상은 얼마나 더 장애인을 불편하게 만들지 몸서리가 쳐졌다. 어릴 때 도덕 교과서에서 장애인은 단지 몸이 조금 불편한 사람이라고 배웠는데, 몸이 불편한 건지 세상이 불편하게 만드는 건지 깊은 모멸감이 드는 하루였다.

무엇보다 우스운 점은, '하이패스가 포함된 장애인 복지카드'의 통행료 복지할인 서비스를 받으려면 할인 서비스를 새로 신청해야 한다는 것이다. 더 우스운 점은, 중증 장애인으로 등록되어 있는 내게 얼마 전 예비군 훈련 신청안내 문자가 왔다는 것이다. 나는 예비군 소집날이 되면 카메라를 들고 한번 가 볼 생각이다.

보호자라는
잊힌 존재

"환자분은 당연히 안정을 취하시도록 앞으로 제가 적절한 약물과 상담을 통해서 도움을 드릴 겁니다. 보호자분은 어떠세요? 병원은 모든 것이 환자를 위해 움직이기 때문에 보호자분들이 큰 스트레스를 경험할 수밖에 없답니다."

정신건강의학과 선생님은 휠체어를 가까이 당겨 앉은 내게 형식적인 진료 안내를 마친 후 뒤쪽 대기석에 손을 모으고 앉아 계시던 어머니에게 안부를 물었다. 창피하게도 나는 그날, 그 진료를 받으러 들어갈 때까지만 해도 나의 고통을 헤아리느라 나를 직접 간병하고 계시는 어머니와 영지가 받고 있을 스트레스에 대해서는 생각지 못했다.

돌아보니 선생님 말씀대로 병원이란 곳은 지나치게 환자 중심적이었다. 폭이 좁고 매트리스가 빳빳해서 멀쩡했던 허리도 아플 것 같다고 투정을 부렸던 병상. 그 아래에는 좁은 병상 밑으로 쏙 들어가는 사이즈의 보호자용 침상이 있다. 침상이 어찌나 작았던지, 어머니가 누워서 주무실 때는 발이 침상 밑으로 나와 허공에 떠 있었다(영지는 딱 맞았다). 환자들이 시간마다 꽉꽉 차 있는 재활치료를 받기 위해 치료실로 떠날 때, 그들의 등 뒤에는 밀린 허드렛일을 하면서 서너 시간을 보내야 하는 보호자들이 있었다.

환자들은 그들의 스트레스를 보호자에게 토로하지만, 보호자들은 그렇게 떠안은 스트레스를 넘겨줄 상대가 없었다. 환자가 아프니까, 힘드니까 참았다. 퇴원을 하고 한참 지나서야 듣게 된 이야기인데, 주말에 어머니가 영지와 보호자 교대를 하고 광주에서 올라온 아버지와 함께 인천의 우리 집으로 가면 아버지는 주말 내내 어머니의 하소연을 들어야 했다고 한다. 저 놈이 대가리(?)가 커서 보통 까다로운 게 아니고, 고집도 세고, 말도 안 듣고…….

코로나19는 병원 상주 보호자들의 삶을 더욱 팍팍하게 만들었다. 감염 우려로 인해 보호자들까지 병원 외출이 금지되었을뿐더러, 병실에서 환자와 보호자 두 명이 생활하며 발생하는 빨래는 전적으로 보호자의 몫이었다. 병동에는 그 흔한 코인 세탁기마저 없었다. 나는 어머니가 평일에, 영지가 주말에 보호자 교대를 하면서 집에서 빨래를 해 올 수 있어서 그 문제는 조금 숨통이 트였다. 하지만 보호자 교대를 위해서는 매 교대마다 PCR검사가 필수였기 때문에 두 사람은 매주 코를 찔려야 해서 상당히 번거로웠다.

급성기 환자들이 대부분이었던 아주대병원에 입원해 있을 때에는 오히려 나았다. 환자들이 워낙 많이 아프고 생존 그 자체가 중요했던 상황이라 매일 꼬박꼬박 샤워를 하거나, 옷을 갈아입거나, 제공되는 환자식 이외의 음식에 관심을 갖거나 하질 않았다. 병상의 회전(?)이 빠른 점도 갈등 해소에 한몫했다. 불만이 쌓이기 전에 퇴원을 하는 경우가 많았다. 반면 최소 몇 달에서 몇 년을 입원하는 재활병원에서는 모든 삶의 꼴이 지긋지긋하게 이어졌다. 매일 빨래가 새로 나오고, 여덟 명이 함께 쓰는 냉장고 공간은 항상 부족하고, 한 층에 하나 있는 전자레인지는 하루가 멀다 하고 골골댔다. 한정된 자원으로 인한 갈등은 굉장한 스트레스를 주었고 그 안에 속해 있는 개인들을 예민하고 방어적으로 만들었다.

어느 눈 내리던 새벽, 옆 병상 환자의 코 고는 소리와 발 뒤꿈치를 깎아내는 것 같은 환상통에 잠 못 이룬 채 내 다리 잃은 것만 아파하고 있던 나는, 좁은 보호자용 침상에 웅크리고 있는 작은 등을 내려다보며 생각했다. 내 다리의 상실은 영지에게, 어머니에게 그리고 아버지에게 어떤 느낌이고 어떤 의미일까? 돌이켜보면 그들은 몸의 고통은 겪지 않았지만 모두 나의 심리적 회복 과정을 동일하게 겪고 있었다. 나만 상실을 겪은 것이 아니라 때로는 사랑하는 사람을 자기 자신처럼 인식하듯 영지도, 어머니도, 아버지도 자신의 일부를 잃은 것이었다. 내가 아무 말 할 수 없었을 때에는 그들도 어떤 말도 할 수 없었고, 내가 처음으로 암살 개그를 하기 시작할 때부터 그들도 비로소 웃기 시작했으며, 긴 고심 끝에 다시 자전거를 타겠다는 말을 꺼냈을 때에는 자신들 또한 앞으로 무엇을 해나가야 할지 계획하기 시작했다.

아무도 관심을 주지 않았지만, 그들도 그렇게 나와 같이 천천히 회복되고 있었다.

3장

보너스로 얻은
두 번째 삶을 굴리는 방법

112일 만에
다시 걷기까지

척추보조기를 차고 두 달 정도 누워 있으니 어느덧 담당 의료과가 정형외과에서 재활의학과로 변경되었고, 마침내 재활치료가 배정되었다. 내가 입원해 있던 인천병원의 재활치료는 재활이 필요한 부위마다 담당 치료사가 배정되어 일관성 있는 치료를 받을 수 있었다. 첫 번째로 하지절단 재활 선생님이 배정되었고, 향후 보행이나 어깨관절 재활 선생님도 따로 배정될 예정이었다.

첫 치료가 예정된 오후 5시가 되어 재활치료실로 갔다. 재활치료사 선생님이 오늘은 첫날이라 간단한 측정과 평가, 설문조사만 있을 것이라고 했다. 간단한 신상조사 후 치료사 선생님이 물었다.

"환자분은 이 재활치료의 목표가 무엇이신가요?"

"아, 저는 패럴림픽이요."

"(귀를 의심)……네에, 그러엄, 목표는 스포츠…이시고."

삐뚤빼뚤, 선생님이 들고 있던 설문지에 답변을 적었다. '스포츠'. 부스스한 머리에 입원복을 입고 다리 하나가 없는 채로 쓸데없이 패기로운 환자와 그런 환자가 영 미심쩍을 수밖에 없는 선생님의 만남이었다. 미심쩍은 질문과 대답의 시간이 지나고 선생님이 시키는 대로 여러 자세를 취하며 근력과 관절가동범위 등을 측정했다. 사고 전에도 운동을 꾸준히 했기 때문일까, 나는 아직 운동성능이 좋았고 절단단 안정화*와 통증관리도 잘되고 있었다. 평가가 끝난 후 선생님은 의족이 나오면 금방 걸을 수 있겠다고, 현재 병원에서 의족보행 연습하는 다른 어떤 분들보다도 더 빠르게 잘 걸을 수 있을 것 같다고 했다.

며칠이 지나고 추가로 배정된 재활치료는 통증 적응치료였다. 통증 적응치료란 무식한 방법 같지만 절단부위가 둔감해질 때까지 재활치료사 선생님이 직접 손으로 환부를 계속 때리는 것이다. 나는 병원에 입원한 지 얼마 되지 않

---

*   절단된 부위 피부의 회복과 통증 발생 정도.

앉을 때부터 절단 선배(?)인 아저씨들이 재활치료 중에 이런 치료가 있다고, 눈물이 나서 버틸 수가 없다고 무용담처럼 말하는 것을 듣고 병실에 누워서 나 혼자 환부 때리기를 하고 있었다. 아저씨들의 생생한 치료 후기와 같이, 정말로 치료사 선생님은 입으로는 좋은 이야기를 해주시면서 손으로는 아찔하게 뼈가 울리고 다리 전체가 저릴 정도로 절단된 부위를 때렸다. 매를 맞을 때마다 훅훅 나오는 고통의 입김을 마스크 안에서 삼키며 아무렇지 않은 척 호흡을 가다듬고 통증에 적응해갔다.

　재활을 시작하고 운동처방이 내려오고 나니 할 일이 많아졌다. 이제는 치료실에서 한 시간 동안 기구운동도 할 수 있었다. 다른 기구들은 이용하는 환자들이 많아서 기다려야 하는데, 천천히 둘러보니 스쿼트 머신은 아무도 사용하질 않았다. 핸드폰을 보면서 할 수 있는 다른 기구와 달리 스쿼트는 그냥 해도 힘드니까. 그래서 나는 대기 없는 스쿼트를 주로 했다. 여기서 땀 줄줄 흘리고 호흡조절을 하면서 무게 치는 사람은 나밖에 없었다. 치료시간을 제외하고도 운동량을 늘리기 위해 병실 바닥에 매트를 깔아놓고 맨몸운동을 시작했다. 왼다리가 없고 왼쪽 어깨의 움직임이 상당히 제한된 상태라 할 수 있는 것은 별로 없지만, 여러 맨몸운동 동작을 하나씩 해보고 안 되면 말았다. 난 시간이 엄청나게 많으니까 하나하나 해보면 그만이었다.

　두 달 넘게 활동하지 못하던 몸이었는데 세 시간 반 정도 운동을 하니 몸 여기저기 근육통이 생겼다. 오랜만에 펌핑된 허벅지는 다시 살아 있음을 느끼게 해주었고 간만에 흘린 땀도 더없이 개운했다. 사실 평생 운동이라곤 자전거 타는 것밖에 하지 않았던 나는, 다리근육은 어디 내놓아도 부족하지 않게 좋았지만 팔 근육은 그저 간신히 핸들바를 쥐고 있을 만큼만 가지고 있을 뿐이었다. 그런데 앞으로 남은 평생은 다리 하나 없이 살아가야 한다고 생각하니 내 몸을 건사하려면 나머지 세 개를 더 튼튼하게 만들어야겠다고 마음먹었다. 매일 루틴을 정해놓고 팔과 가슴, 어깨 운동을 하고 무릎의 역할을 최대한 보상할 수 있도록 엉덩이 근육을 강화하는 운동도 열심히 했다. 그렇게 나는 어제보다 단단한 엉덩이와 두꺼운 팔을 가지고 두 발로 걷는 날을 향해 한 걸음, 한 걸음 다가갔다.

　한 달이 지나고 의족 제작이 시작되었다. 이 글을 읽는 여러분에게 한 달이라는 시간이 체감상 어느 정도의 시간인지 모르겠지만, 병원에서 의족 제작만을 목 빠지게 기다리는 나에게는 너무나도 긴 시간이었다. 의족을 기다리는 한 달이라는 시간이 '해외배송이 한 달 걸려요'와는 전혀 다르다는 것만은 확실하게 말해둘 수 있다. 생각을 돌릴 수 있는 다른 업무나 사회생활이 없는, 속세와 단절된 자의 삶에서 한 달이라는 시간은 징하게도 길었다. 게다가 태어나서 처음으로 다리 없는 삶을 견뎌내고 있어서 하루하루가 간절한 절단환자와 매일 비슷한 환자에, 제작해야 할 의족이 산더미처럼 쌓여 있는 재활공학연구소와의 온도차는 끓는 기름과 얼음물만큼 달랐다. 지금에 와서야 그걸 이해하지만 당시에는 조바심이 굉장했다. 혹시 내가 전화를 놓치질 않았나 수시로 확인했고, 재차 진행상황을 묻고 싶은 마음이 굴뚝같았다.

인천병원에 올 때만 해도 금방 걸을 수 있을 줄 알았는데 의족 제작이 늦어지면서 그간 나와 치열한 전투를 함께했던 어머니는 아들이 다시 걷는 모습을 보지 못하고 고향 광주로 내려가셨다. 어머니의 빈자리는 영지가 채우기로 했다. 어머니와 마찬가지로 영지도 '가족돌봄휴가' 제도를 사용했다.

내가 사고를 겪은 후 매주 광주-인천을 왕복한 아버지도 마지막으로 어머니를 데리러 병원으로 오셨다. 항상 잠깐만 나를 보고 떠났던 아버지께도 마지막으로 병원 시설을 조금 보여드리고 작별인사를 했다. 우리 집은 서로 사랑은 있으나 다정함은 매우 없는 집안이다. 어머니는 떠나시면서 "마지막으로 한번 안아줄 거여?"라고 말씀하셨고, 나는 휠체어를 잠그고 한 발로 일어나 두 분을 안아드렸다.

'다음에 만날 때는 두 발로 서서 안아드릴게요.'

따뜻하게 말씀드리지는 못했지만 마음속으로는 그렇게 다짐했다. 어머니가 광주로 돌아가신 이후로도 의족 제작에는 시간이 더 소요되었다. 의족을 제작하는 데에는 추가로 약 한 달의 시간이 걸렸다. 석고로 다리를 본뜨고, 임시 소켓을 만들어 며칠간 끼우고 있으면서 특별히 불편하거나 마찰이 발생하는 부분을 찾아 몇 번의 수정 과정을 거쳤다. 소켓이 충분히 다리에 맞추어졌다고 판단되면 무릎과 발 제품을 부착해 마침내 일어설 수 있다. 무릎과 발 제품도 한 번에 정해지는 것이 아니라 여러 가지의 시제품을 사용해보면서 내게 맞는 제품을 찾아가야 했다.

길고 긴 의족 제작 과정을 거치고 처음으로 두 다리로 다시 일어서던 그날의 감정은 정말 평생 잊을 수 없다. 목이 빠지게 기다렸던 그날, 나는 유튜버답게 상황을 카메라에 담기로 했다. 나의 기쁜 날이 신파극으로 보이지 않도록 최대한 밝은 분위기를 유지하면서, 다리에 감아둔 붕대에 우스운 얼굴을 그리고, 밝은 리듬의 음악을 골랐다. 디즈니 《겨울왕국》의 〈For the first time in forever〉. '태어나서 처음으로'라는 노랫말이 내 상황과 찰떡이었다. 유튜브 수익*은 과감히 포기하기로 했다.

사실 처음 두 발로 일어나던 순간이 배경음악처럼 황홀하지는 않았다. 침상에 절단부위를 딛고 일어서는 훈련은 치료실에서도 많이 해서 익숙했지만, 실제로 발을 내딛을 때 체중이 왼쪽에 전부 실리는 순간 입에서는 뜨거운 신음이 밀려나왔다. 봉합된 환부가 짓이겨져 터질 것만 같은 느낌이어서 아찔했다. 의족만 나오면 바로 걸을 줄 알았던 자신감은 한순간에 의문으로 바뀌었다.

병원에서 만난 절단 선배님은 40번 넘게 수술을 해서 절단부위가 잘 익은 홍시 같았지만 결국은 적응되어서 아무렇지 않게 걸을 수 있다고, 지금은 뛸 수도 있다고 했다. 나는 그보다는 깨끗한 환부를 지니고 있었다. 나도 분명히 연습하면 잘 걸을 수 있을 것이고, 영지가 보고 있었고, 오늘은 반드시 기쁜 날이어야 했다. 보행기를 잡고 한 걸음 한 걸음 천천히 내디뎌보다가 평행봉으로 옮겨 갔고, 30분 정도 의지 기사 선생님께 조정을 받고 병실로 돌아왔다.

＊   지식재산권을 매우 중요시하는 플랫폼인 유튜브에서는 영상 배경음악으로 저작권이 있는 음악을 사용할 경우 영상에서 발생한 모든 수익이 음원 저작권자에게 자동으로 지급된다.

"영지야, 나 이 시간부로 더 이상 휠체어는 안 탈 거야. 걸어서만 다닐 거라고."

⋯⋯물론 쓸데없는 만용이다. 나는 의족만 나오면 더 이상 휠체어는 필요 없다고 생각해서 그동안 무료로 지급되는 개인 휠체어도 마다하고 써금써금한* 병원 공용 휠체어를 썼다. 사실 지금도 필요할 때면 휠체어를 탄다. 이럴 줄 알았으면 입원하자마자 씽씽 잘 굴러가는 개인 휠체어를 타고 다닐 걸 하고 후회하고 있다.

어쨌든 나는 내 마음대로 휠체어를 졸업했다. 애플워치 설정도 보행자로 바꾸었다.** 잠깐 화장실을 가더라도, 의족을 신는 데 몇 분이 걸려도 무조건 의족을 신고 보행기에 의지해 움직였다. 한 번 일어나면 의족을 신은 시간이 아까워서 느릿느릿 병원을 누비고 다녔다. 영지는 내가 넘어질까 봐 항상 한 걸음 뒤에서 나를 따라다녔다. 내 인생 첫 번째 걸음마는 어머니가 봐주셨지만 두 번째 걸음마는 영지가 도와주었다.

---

* 　내구 연한이 있는 기계적 도구가 삭은 경우를 일컫는 전라도 사투리.
** 　놀랍게도 애플워치에는 '휠체어 이용자' 설정이 있어서 걸음 수 대신 휠체어 주행거리를 표시해준다.

"어머, 무슨 일이야! 키가 왜 이렇게 커요?"

항상 휠체어에만 앉아 있다가 일어서니 보는 사람들마다 놀라워했다. 나도 항상 올려다보기만 하던 사람들이 작아지니 신기했다. 간호사 선생님이 엄청 커 보였는데 나보다 머리 하나는 작았구나. 내가 처음 일어나 걷던 그날 밤, 인천병원 2층 복도에는 황홀하고 따스한 재즈 팝이 흘러나오는 듯했다. 복도는 무대였고 나와 영지는 한 쌍의 댄서였다. 각 병실 입구마다 관객들이 두 손을 모으고 감격스런 표정으로 우리의 스텝을 바라보았다.

아침 먹고 걷고, 점심 먹고 걷고, 저녁 먹고 걸었다. 겨울이었지만 한 차례 걷고 나면 땀에 흠뻑 젖었고 잠이 쏟아졌다. 내가 걸을 때면 영지가 뒤에서 따라오며 영상을 찍어주고 어색한 부분을 알려주었다. 오빠, 왼쪽 골반이 올라갔어. 이번엔 왼쪽 어깨가 내려갔어. 3일 후에는 보행기를 한쪽만 잡고 걸을 수 있었고, 다음 날은 보행기 없이도 걸을 수 있었다. 굉장히 오랜 시간 연습한 것 같지만 단 5일 만에, 다른 보조기구 없이 두 발로 걸었다.

지금 보면 뒤뚱뒤뚱 간신히 걷는 것처럼 보이지만, 그때는 누구보다도 당당한 걸음걸이였다. 부모님께는 의족이 나온 사실을 비밀로 했다가, 주말에 오셨을 때 두 발로 성큼성큼 걸어 나가 안아드렸다. 감격한 어머니의 눈물 섞인 목소리도 영상에 담겼다. 처음 일어서던 순간부터 어머니를 만날 때까지를 하나의 영상으로 엮어 유튜브에 올렸더니 조회수가 가히 폭발적이었다. 〈다시 걷게 되던 날〉 영상은 현재 조회수 220만 회를 넘어섰다. 디즈니 음악을 사용하고 유튜브 수익*을 과감히 포기한 것은 너무 성급한 결정이었던 것 같다. 눈물이 난다, 눈물이 나.

＊   디즈니에 300만 원 정도 지급되었다.

병원 밖
가족들의 삶

2022년 9월 23일, 어느 모든 날과 다름없었던 그날, 영지는 퇴근길 집으로 향하는 버스를 탔고 버스에서 내릴 때쯤 '안산119'라고 뜨는 번호로 전화가 왔다. 영지는 '집에 불이라도 났나? 우리 집엔 고양이도 없는데'라고 생각하며 전화를 받았다고 한다.

"박찬종 씨 아내분 되시죠? 남편분이 교통사고로 많이 다치셔서 수원 아주대병원으로 와주셔야겠습니다."

"아주 수원대병원이요? 얼마나 다쳤어요?"

"쇄골뼈, 안와골절이 의심되고요, 다리에 개방성 골절이 있고⋯⋯."

'아주 수원대병원'이라고 되물을 정도로 머릿속이 새하
얘지며 놀란 영지는 떨리는 손으로 서둘러 병원으로 향하
는 길을 검색했다. 상경한 지 갓 1년 차인 시골쥐에게 '아주
수원대병원'은 어디 붙어 있는지도 모를 곳이었다. 하필이
면 이제 막 퇴근 행렬이 시작되는 시간, 퇴근 시간에 인천
에서 수원까지의 경로는 온통 새빨간 붉은색이었다. 택시
보단 지하철이 빠른 것 같아 버스에서 내리자마자 열심히
내달려 지하철을 탔다. 지하철에 앉아서 고개를 떨구고 주
륵주륵 눈물을 쏟았다. 우여곡절 끝에 눈물범벅이 된 얼굴
로 아주대병원 집중치료실을 찾았지만 당시의 대학병원은
코로나19 경계 때문에 환자를 만날 수 없었다. 겨우 내가
집중치료실에 있다는 것만 확인하고 다음 날 있을 10분간
의 면회를 신청해두고 돌아 나왔다. 다시 집으로 되짚어 오
면서 영지는 나의 부모님께 사고 사실을 알려야겠다고 생
각했다. 택시 뒷좌석에서라도, 지하철역 화장실에서라도
전화를 해보려 했지만 슬픔에 압도되어 차마 말을 할 수 없
을 것 같아 전화를 하지 못했다. 그렇게 울고 또 울다가 겨
우 용기를 내어 전화기를 든 것은 한밤중이었다.

자정을 넘긴 시각에 아들내미 번호로 걸려온 전화에 별
생각 없이 전화를 받으셨을 어머니는, 오열하는 예비 며느
리로부터 당신 아들이 대형트럭에 깔리는 큰 사고를 당했

노라는 소식을 듣고 곧바로 수원 아주대병원으로 향했다. 나는 지금도 그 길이 얼마나 아득히 멀고 떨렸을지 가늠이 되지 않는다.

영지가 면회가 안 된다고 말했지만 부모님은 자식이 다 쳤다고 빌어보면 볼 수도 있지 않을까 하는 생각에 올라오셨다. 하지만 당시는 코로나19 검사결과지가 없으면 돌아가시는 분 임종도 못 지키는 상황이었다. 그렇게 코로나19 검사를 받고 다음 날까지 꼬박 밖에서 밤을 샌 어머니는 내가 일반병동으로 이동할 때 상주보호자로 함께 들어올 수 있었다.

그 순간부터 꼬박 100일간, 어머니는 스스로 아무것도 하지 못하는 신생아가 되어버린 나를 돌봐주셨다. 신생아는 작고 예쁘기라도 하지, 이 184센티미터의 거구는 툭하면 새벽에 으으으어아어어억 하면서 허공에 주먹질, 발길질 하면서 깨고, 소변통 달라고 효자손으로 찌르고, 자존심은 있어서 옷 갈아입을 때나 소변 볼 때 나가달라고 하는 등 예쁜 짓도 하지 않았다. 그때의 나로서는 서른세 살 어른 몸에서 나온 똥 기저귀를 어머니가 갈지 않도록 사고 직후부터 화장실 갈 수 있게 될 때까지 5일간 똥을 참은 것이 그나마 할 수 있었던 최선의 효도였다. 그럼에도 어머니는 갓난쟁이 때 이후로 우리 아들을 하루 24시간 내내 데리고 있어본 것은 처음이라고 좋아하셨다(사실 좋아하셨는지는 잘 모르겠고 그냥 '데리고 있어본 건 처음이다'라고 말씀하셨다).

어머니는 정말로 강했다. 이 대단한 효자 놈이 절단 수술을 받고 병동으로 돌아와 어머니와 마주쳤을 때, 울지 말라고 쏘아붙인 이후로 어머니는 단 한 번도, 적어도 내가 보는 앞에서는 눈물을 보이지 않으셨다. 병동에서 추운 겨울을 맞으며 창밖을 내다보는 어머니 눈빛에서 이따금씩 우울이 보이지 않은 것은 아니었으나 이 효자는 그럴 때면 더 짓궂은 암살 개그를 날리며 분위기를 돌렸다.

어머니는 평생 나를 독립적으로 키웠다. 특히 내가 스무 살을 넘겨 성인이 되고부터 어머니는 우리 집엔 성인 세 명이 각자의 삶을 살고 있다고 하시며 내 삶에 간섭하지 않으려 했다. 무려 서른세 살이나 먹어서 내가 병원에서 잘 버틸 수 있었던 이유로 '양육 환경'을 드는 것이 조금 우습긴 하지만, 사람이 극한 상황에 내몰려지면 더욱 원초적인 방향으로 퇴행을 겪게 마련이다. 과잉보호하지 않았던 어머니 덕분에 나는 병원에서도 더 빨리 스스로 할 수 있는 것을 찾고 내 생활로 돌아갔다. 여기에는 한 가지 웃픈 일화가 있다. 환자가 치료실에 올 때면 보호자나 간병인이 치료실까지 환자를 데려다주는 경우가 많았지만 나는 스스로 휠체어를 밀고 다닐 수 있는데 어머니가 나를 치료실까지 데려다줄 필요가 없다고 생각해서 항상 혼자서 치료실에 갔었다. 퇴원 날, 마지막 재활치료를 받다가 치료사 선생님이 물었다.

"박찬종 님은 그동안 통합간병병동*에 있다가 아내분이 보호자로 들어오신 거죠?"
"어……. 어머니가 100일간 계셨는데요……?"

어머니는 항상 나를 혼자 치료실로 보냈고, 영지는 치료실까지 나를 데려다주었기 때문에 치료사 선생님이 내가 그동안 보호자가 없었던 것으로 착각한 것이다.

아버지는 사고 이후로 매주 금요일 오후에 인천으로 향했다. 광주에서 인천까지 340킬로미터. 평택항과 행담도, 시화공단까지 이어지는 금요일 오후의 퇴근 정체를 뚫고 운전하는 것은 지옥 같은 일이었을 것이다. 그 구간은 아무 날 아니어도 여섯 시간이 걸릴 때도 있었다. 요리사인 아버지는 우리가 먹을 금요일 저녁거리를 싣고 오셨다. 행여나 휴게소에 들어갔다 시간이 늦어질까 봐 차에는 소변통까지

---

*   통합간병병동: 개인 간병인이나 보호자 없이 병원에서 제공하는 소수의 간병 인력이 병동 전체의 환자를 관리하는 병동.

챙겨 다니셨다고 했다. 아버지는 그렇게 금요일과 토요일, 일요일까지 어머니와 함께 계시다가 월요일 출근을 위해 광주로 내려갔다. 아버지도 내가 퇴원할 때까지 당신의 삶을 온전히 내게 내어주고 전혀 휴식하지 못하는 몇 개월을 보냈을 것이다.

사고 후 많은 사람들이 장인어른과 장모님이 이 일을 어떻게 받아들이실지 걱정했지만 실제로는 사고 후 오히려 나와 두 분과의 관계는 더 끈끈해졌다. 여느 일반적인 가정만큼 우리도 가지고 있던 처부모와 사위 상호 간의 긴장은 사고 이후 따스하게 녹아내렸다. 나는 평소에 감정을 잘 드러내는 성격이 아니라서 두 분은 당신들의 사위가 지니고 있는 생각과 마음에 대해서는 소상히 알지 못하셨을 터였다. 하지만 사고 이후 내가 작성한 블로그 글을 보여드리면서 자연스레 두 분도 나와 감정을 오롯이 공유할 수 있었고, 내가 썼던 글을 주제로 이야기하면서 서로에 대한 이해도 깊어졌다.

장인어른, 장모님과 함께 영지의 남동생 영서도 병원에 자주 왔었다. 이 사랑스런 가족을 완성해주는 영서는 나를 꽤나 좋아했다. 지적장애를 가지고 있는 영서는 병문안을 와서 나를 만나고 돌아가면 월요일에 주간보호센터에서 친구들에게 이렇게 말하고 다녔다고 한다.

"박찬종 다리 잘랐지? 톱으로 다리 잘랐지?"

물론 의료용 톱으로 자르긴 했겠지만 톱으로 잘랐다고 말한 적은 없는데 톱 이야기는 어디서 나왔는지 의문이다. 맥락 없이 들으면 굉장히 충격적인 내용이기 때문에 장모님은 한동안 주간보호센터 선생님들께 박찬종이 누구이며 다리를 잘랐다는 게 무슨 뜻인지 설명을 해야 했다. 그리고 아버님이 영서에게 앞으로 '박찬종'이라고 하지 말고 '매형'이라고 불러야 한다고 단단히 일러두신 덕분에, 몇 달 후 영서네 주간보호센터에서는 이런 말을 들을 수 있었다고 한다.

"매형 결혼해야지? 5월 20일 토요일 정장 입어야지?"

어째서 누나 결혼식이 아닌 매형 결혼식이 되어버렸는지 모르겠지만, 영서는 우리 결혼식에서 처음으로 정장을 입는다는 사실에 기분이 좋았던 것 같다.
그런데 영서야, 누나랑 형이 결혼을 해서 매형이 되는 거야. 매형이 결혼을 하면 안 돼…….

엄마, 할아부지
다리가 없어요!

지금은 돌아가신 나의 할아버지는 가족들에게 썩 사랑받는 할아버지는 아니었다. 아니 좀 더 솔직히 말하면, 할아버지는 험난한 시대의 피해자였고 일생을 술로 달래며 당신의 가족들도 피해자로 만들었다. 어린 나이에 장남을 대신해 전쟁터로 끌려간 할아버지는 불행히도 총상을 입고 전역했다. 참전유공자에 대한 예우가 지금보다도 훨씬 형편없었던 시대를 살아오면서, 할아버지는 당신의 한을 술로 푸는 것 말고는 다른 방법을 알지 못했다.

할아버지의 운명은 참으로 얄궂었다. 가뜩이나 한스럽던 삶에 더 큰 시련이 닥쳤다. 어느 작은 공장에서 일하던 할아버지가 기계에 다리를 끼어 무릎 아래를 절단하게 된 것이다. 지금에야 모든 사업장이 산재보험의 적용대상이지만 할아버지가 산재사고를 당했던 당시는 그렇게 낭만적인 시대가 아니었다.* 별다른 보상도 없이 할아버지는 그렇게 갑자기 절단장애인이 되었다.

내가 어릴 때부터 할아버지는 엄하고 무서운 사람이었다. 내게 할아버지와 함께한 추억 따위는 전혀 남아 있지 않다. 평생 할아버지와 독대해본 기억도 한 손에 꼽을 정도였고, 그마저도 좋은 기억은 전혀 아니다. 내가 여섯 살 때쯤, 할아버지에게 한쪽 다리가 없다는 것이 처음으로 눈에 들어왔다. 놀란 나는 토끼 눈을 하고 쪼르르 엄마에게 달려가 속삭였다.

"엄마, 할아부지 다리가 없어요!"

지금의 나보다도 어렸던 엄마는 화들짝 놀라며 그런 말 말라고 나를 나무라셨고, 할아버지의 다리가 어떻게 된 것인지는 그 후로도 무려 10년쯤 지나서야 알게 되었다.

그랬다. 나의 할아버지도 절단장애인이었다. 할아버지

---

* 1990년만 해도 10인 이하 사업장은 산업재해보장보험 적용 대상 사업장이 아니었다.

는 집 안에서도 항상 의족을 착용하고 계셨다. 어쩌다 안방에 들어갈 때면, 할아버지가 절단부위에 생긴 물집을 터뜨리고 약을 바르는 모습을 볼 수 있었다. 할아버지의 의족은 마네킹 같은 물건이었다. 당시엔 나도 관심이 없었기에 정확한 모습은 기억나지 않지만, 그저 플라스틱 내지는 나무로 된 종아리와 납작한 발, 관절도 없고 딛고 서는 것 외에 아무 기능도 없는 그 의족을 가죽 벨트로 조여 신으셨던 것 같다. 자식들 누구도 할아버지에게 다리와 의족에 대해 묻는 것을 어려워했고 하물며 손자들에겐 할아버지 다리는 '원래 그런 것'이었다. 할아버지가 느릿느릿 절뚝이며 걷는 것은 '원래 그런 것'이었다.

할아버지는 교통사고로 돌아가셨다. 할아버지가 돌아가시던 그날, 큰아버지는 허리디스크 수술을 한 채 입원해 계셨고, 아버지는 외국에 계셨으며, 아버지의 다른 형제들은 타지에 있었다. 그날, 고인의 신원을 확인할 수 있는 사람이 나밖에 없었다. 연락을 받고 서둘러 병원 응급실로 달려갔을 때, 얼굴을 덮은 차가운 린넨을 거두지 않아도 할아버지가 맞다는 것을 바로 알 수 있었다. 침상 밑에 쓰러져 있는 딱딱한 의족만큼은 아이러니하게도 할아버지의 생전 모습 그대로였기 때문이다. 나를 기다리던 할아버지의 의족이 다시 생생하게 떠오른 것은, 내 의족이 제작되기를 기다리며 병실 창밖 하늘을 올려다보던 어느 날 밤이었다. 나는 고개를 들고 어머니에게 말을 걸었다.

"엄마, 그러고 보니 할아버지도 절단장애인이었네요."
"응, 그랬지."

할아버지는 평생 마네킹 같은 의족을 사용하셨다. 내가 기억하는 여섯 살 때부터 약 20여 년간 같은 의족이었다. 알고 보니 이상했다. 하퇴(무릎 이하)절단의 경우 의족의 내구연한을 3년으로 보아 건강보험에서 3년에 한 번씩 약 200만 원 가량을 지원*받을 수 있는데 할아버지는 계속 같은 의족을 사용해오셨던 것이다. 마네킹 의족보다 훨씬 자연스럽게 걸을 수 있는 고기능성 의족을 사용하면 당신의 삶의 질이 훨씬 나아졌을 텐데도, 돈 쓰는 게 싫으셨던 것인지, 그런 의족이 있는지조차 모르셨던 것인지 할아버지의 의족은 항상 그대로였다. 어머니도 할아버지의 의족에 대해서는 안타까운 마음뿐이었다.

---

* 　장애인 보조기기 지원의 경우 장애인진단서 처방 가능 의사가 보조기기 필요성을 인정하여 처방하면 하퇴(종아리) 의족의 경우 3년마다 200만 7천 원, 대퇴(허벅지) 의족의 경우 5년마다 266만 4천 원이 건강보험에서 지급된다. 물론 이 금액은 실제 의족 구매 비용에 비해 턱없이 부족하다.

"자식들도, 며느리들도, 누구도 몰랐지. 당신이 말씀을 안 하시니까 의족은 원래 그런 것인가 보다 했지. 여쭤보기도 어렵고, 아마 할아버지가 자식들이랑 좀 더 이야기도 많이 하고 부드러운 분이셨으면 누구든 알아주지 않았을까 싶네."

물론 할아버지가 의족을 맞추실 때에는 고기능성 의족이 없었을 수도, 있더라도 굉장히 비쌌을 수도 있다. 하지만 세월이 흐르고 기술이 발전하고 여건이 나아졌음에도 불구하고 할아버지가 계속 같은 의족을 사용하셨던 이유는 무엇일까? 할아버지가 자주 찾으시던 보훈병원에서도, 복지당국에서도 할아버지에게 도움을 줄 수 없었던 이유는 무엇일까?

그로부터 얼마 후, 나는 의족을 사용해 다시 걷기 시작했다. 그리고 내가 걷는 모습을 자랑스레 SNS에 올린 이후로 이따금씩 모르는 사람들에게 메시지를 받았다. 메시지의 내용은 이랬다.

"저희 아버지도(어머니도, 남편도, 할아버지도) 다리를 절단하고 의족을 사용하시는데, 마네킹 같은 의족을 쓰고 계세요. 찬종 님이 올려주신 영상을 보니 너무 자연스럽고 잘 걸으셔서 보기 좋은데 의족이 어떤 제품인가요?"

  메시지를 받을 때마다, 다시 할아버지가 떠올랐다. 우리 할아버지만 살갑지 않아서, 우리 가족들만 매정해서 할아버지가 마네킹 같은 의족을 써야 했던 것은 아니라는 생각이 어렴풋이 들었다. 설령 내 가족이라 할지라도 말하기 어려울 수도 있고, 나처럼 '원래 그런 것'이라고 생각할 수도 있었다. 다른 의족보행자를 본 적이 없으니 의족을 사용하면 저렇게 걷는 게 당연하다고 생각할 수밖에 없을 것이다. 의족에 대한 정보가 너무나 부족하고, 보편적 대중들이 양질의 의족보행을 본 적이 없다는 것, 그것이 수많은 절단장애인들이 마네킹 같은 저사양 의족으로 잘못된 보행을 하면서도 개선할 방법을 찾지 못하는 이유인 것 같았다.

  대부분의 절단장애인들, 특히 온라인 접근성이 떨어지는 세대의 절단장애인들은 절단사고를 겪은 후 그저 정형외과 의사가 일러주는 곳에서 의족을 맞추는 수밖에 없다. 그곳에서 의족의 종류와 제품 선택 기준에 대한 충분한 정보도 얻지 못한 채로 의족을 맞추며, 의족보행을 위한 훈련도 제대로 받지 못하고 퇴원한다. 몇 개월간의 체계적이고 올바른 재활훈련이 이루어져야 제대로 보행할 수 있음에도 불구하고 재활훈련이라는 것이 있는지조차 모르고 사회로

복귀하고, 그렇게 바르게 보행할 수 있는 잠재능력을 지닌 사람조차도 잘못된 보행으로 굳어지고 마는 것이다.

모든 절단장애인이 더 나은 의족보행을 할 수 있게 하여 그 주변 사람들도 양질의 의족보행을 볼 수 있게 하자. 그 중 몇 명이라도 올바른 걸음걸이를 되찾고 사회 구성원으로 복귀할 수 있다면, 내가 지금 사회로부터 받고 있는 도움을 돌려주는 일이 될 것이다. 이 사회가 나를 도와준 이유가 될 것이다. 이 몸으로 할 수 있는 일이 하나 늘었다.

초보운전
영지

2022년 9월, 그즈음 나는 영지에게 운전을 가르치고 있었다. 매일 퇴근 후 저녁 시간에 영지가 핸들을 잡게 했고 집 근처인 송도에서 운전을 가르쳤다. 도로가 넓고 반듯하며 차량통행이 적은 저녁 시간의 송도는 초보자가 운전연습을 하기에 좋은 곳이었다. 하지만 영지가 채 송도를 벗어나보기도 전에 내가 사고를 당했고 그동안 영지는 고작 열 번 정도 운전연습을 했을 뿐이었다.

내가 인천병원에 입원해 있는 동안 영지는 하루도 빼놓지 않고 퇴근 후에 나를 보러 와주었다. 퇴근길에 병원이 있는 것도 아니었다. 회사와 병원, 병원과 집은 서로 전혀 다른 방향이었고 영지네 회사에서 병원까지 차로는 40~

50분, 대중교통으로는 한 시간 반이 걸리는 거리였다. 영지가 운전연습을 했던 저녁의 송도와 달리 퇴근 시간 회사에서 병원까지의 길은 초보 운전자에게 가혹한 환경으로 고속화도로, IC, 고가차도, 지하차도 등 실전 도로주행의 종합 선물세트 같은 구간이다. 퇴근 시간이라 꽉 막힌다는 점은 말할 필요도 없다.

영지의 운전 실력을 아는 나는 절대 운전해서 오지 말고 대중교통을 타고 오라고 신신당부를 했다. 대중교통으로 오면 왕복 한 시간 정도가 더 걸리기 때문에 그 불편함과 고단함을 이해하면서도, 내가 거동도 못하고 병원에 입원해 있는 상황에서 영지가 사고가 나기라도 하면 큰일이니까 운전을 말릴 수밖에 없었다. 매일 버스 타고 오는 게 힘들면 차라리 오지 말라고 했다. 영지는 알았다고 걱정 말라고 하더니 어느 날 갑자기 직접 운전을 해서 병원에 왔다. 며칠간 버스를 타고 다니며 길을 익혔다고 했다. 나는 영지가 너무 걱정되었지만 영지를 믿어주는 것이 내 일이니까, 사고 안 나게 조심히 타고 다니라고 했다(사실 막을 방법이 없어서 그렇게 말한 것이다. 영지는 고집이 무척이나 세다).

어쨌든 영지는 내 차에 초보운전 스티커 두 개를 붙이고 매일매일 하루도 빼놓지 않고 나를 보러 왔다. 왔다갔다 길에서 보내는 시간만 한 시간 반이었다. 영지가 왔으니 함께 오랜 시간을 보내면 좋았겠지만, 내가 허리가 아파 오래 앉아 있지 못해서 기껏해야 얼굴을 볼 수 있는 시간은 30분에서 한 시간 정도였다. 퇴근 후 병원에 들렀다 집에 가면 한밤중이고, 눈 감았다 뜨면 또 출근해야 하는 아침일 텐데 영지는 하루도 빠지지 않았다. 피곤하니까 집에서 쉬라고도 해봤지만 내 예상대로 영지는 나 보는 시간이 쉬는 시간이라고 하면서 다음 날도, 그다음 날도 나를 보러 왔다. 나에게는 짧게나마 매일 영지를 볼 수 있는 것도 병원 생활의 한 줄기 행복이었다.

나를 간병해주던 어머니가 광주로 돌아가신 후 영지가 보호자로 들어오기 전까지 약 100일간 영지는 매일 나를 보러 왔고 정말 다행히도 사고는 단 한 번도 없었다. 하지만 퇴원하는 날에 사고가 발생했다.

대망의 퇴원하는 날, 병실에 있는 짐을 다 빼야 하는데 나는 아직 무거운 걸 들거나 가방을 메고 옮길 수가 없어서 영지가 혼자서 병원 지하주차장에 있는 차까지 짐을 옮겼다. 네 달간 병원에 있는 동안 살림이 꽤 불어서 여러 번 다녀와야 했다. 영지를 보내놓고 병실에 앉아서 기다리고 있는데 영지가 선물을 들고 왔다.

"오빠, 퇴원 선물이야. 진짜로 멀어 보이나 봐봐."

영지가 '사물이 거울에 보이는 것보다 가까이 있음'이라고 쓰여 있는 내 차의 사이드미러를 두 손으로 고이 들고 왔다. 그동안 사고가 안 나서 정말 다행이라고 생각했었는데 퇴원하는 날, 주차장에서 트렁크에 짐을 편히 실으려고 전면주차를 하다가 주차장 기둥에 차를 해먹은 것이다. 영지는 자기는 과실이 없고 가만히 있었는데 주차장 기둥이 위협운전을 했다고 했다. 나는 차를 신줏단지 모시듯 하는 성격이 아니다. 차는 소모품이니까 고치면 되는 것이고 다치지 않고 가벼운 사고가 났으니 다행이라고, 잘 해먹었다고 했다. 내가 입원해 있는 동안 비가 오나 눈이 오나 매일 운전하면서 영지의 운전 실력이 많이 늘어 지금까지도 차로 출퇴근을 잘하고 있으니 수업료라고 생각하면 비싼 것도 아니다. 그래, 잘했다. 영지야. 고생했다, 영지야. 멋지다, 영지야.

그리운 집으로
돌아간 날

여느 해보다 이른 추석을 지내고 막 아침저녁으로 선선한 바람이 불기 시작했을 때였다. 가을이 이렇게 시작되나 보다 싶을 때, 세상이 무너지는 것 같은 굉음과 함께 나는 트럭 아래로 빨려 들어갔다. 나에게 2022년의 가을은 오지 않았다.

겨우 움직일 수 있게 되어 휠체어에 앉아 병원 앞뜰로 나섰을 때에는 낙엽이 지고 칼바람이 불었다. 의사 선생님이 대퇴절단 환자는 1년 이상의 입원이 필요하다고 했다. 나는 젊었고 의욕이 넘쳤기에 봄꽃은 퇴원해서 보고 싶다는 꿈을 꾸곤 했다. 개나리는 아니더라도 벚꽃이나 장미는 꼭 밖에서 보고 싶었다. 하지만 이런 내 의지와 달리 언제부터

인가 병실에서 아이폰으로 사진을 찍으면 상단에 위치가 '집'이라고 표시되기 시작했다. 참 씁쓸했다. 아이폰이 병원을 집이라고 인식할 만큼이나 이곳에서 지낸 시간이 길었구나.

코로나19 여파로 아직 결혼식은 올리지 않았지만 우리는 신혼집을 마련해 함께 살고 있었다. 인천의 영지 회사와 가까운 곳에 위치한 작고 오래된 아파트였다. 생애 처음 갖는 우리만의 공간이자 행복한 신혼 생활을 시작할 곳, 언젠가는 작은 아이와도 함께할 우리의 보금자리였다. 낡고 허름했지만 집을 계약하고 나니 너무나도 설렜고 몇 달 동안 공부해서 인테리어를 새로 했다. 거의 직접 했다고 할 수 있을 정도로 집 안 곳곳 내 손길과 취향이 들어가지 않은 곳이 없었다. 주방에는 키가 큰 내가 요리와 설거지를 하는데 불편함이 없도록 보통보다 훨씬 높은 싱크대를 짜 넣었고, 거실은 따뜻한 분위기에서 글쓰기와 유튜브 편집을 하기 위해 카페처럼 여러 조명을 설치하고 대형 우드슬랩 테이블을 놓아 입식으로 꾸며 놓았다. 일하는 시간만큼 휴식하는 시간도 중요하다고 생각해서 안방과 침대에도 한껏 힘을 주었다. 그렇게 꾸민 신혼집이 너무 좋았다.

그래서일까, 병원에 있는 동안 집이 사무치게 그리웠다. 따뜻한 티크 색 마루가 그립고, 직접 설치한 은은한 간접조

명 아래서 마시는 커피 향이 그립고, 세상 푹신한 침대에서 이젠 하나밖에 없는 다리지만, 한 다리를 쭉 뻗고 누워 쉬는 상상을 하는 것만으로도 행복했다. 병실 침대는 너무 좁아서 영지와 함께 누울 수도 없었다. 가끔 영지와 함께 좁은 병상에 끼여 누워 영화를 보긴 했지만 한없이 불편하게 어깨를 겹치고 있어야 했고 휴식과는 영 거리가 멀었다. 그러다가도 간호사 선생님이 커튼을 젖히면 화들짝 놀라 일어나야 했다. "침상에 같이 누우면 안 돼요" 하는 선생님도 있었고, "괜찮아요, 저도 신혼이라 이해해요" 하는 선생님도 있었다.

대망의 퇴원 날이 되고, 재활공학연구소에서 마지막으로 의족 조정을 해준다고 해서 아침 일찍 공학연구소로 갔다. 대기실에는 나보다 먼저 온 70대 어르신이 계셨다. 대퇴절단으로 의족을 하고 걸음걸이가 불안정해 양쪽으로 지팡이를 짚는 어르신이었다. 영지랑 나란히 앉아서 의족 조정을 기다리는 사이 어르신이 말을 걸어왔다.

"나는 의족 40년째인데, 지팡이 없이는 걷질 못해. 의족한 지 얼마 안 됐다면서 잘 걷는구만. 그럼 됐어. 이제 와이프한테 잘하고 살면 돼. 장애인하고 살아주는 가족이 정말 고마운 거야. 심부름을 시켜도 한 번을 더 시킨다고."

불쑥 말을 걸어와서 툭툭 생각대로 지껄이는 꼰대 노인은 결코 아니었다. 어르신이 무례하지 않고 점잖게 말해서인지 내용이 더 무겁게 다가왔다. 장애인하고 살아주는 가족이 고마운 거라는 말은, 당신이 당신 가족한테 고맙게 생각한다는 말과는 상당한 차이가 있는 표현이었다. 공교롭게도 오늘 퇴원하는 입장에서 앞으로의 삶에 대한 복선이 되는 게 아닌가 싶어 마음이 무거웠다.

마지막까지 재활치료를 받았다. 어깨 상처가 터져 피를 한 컵은 쏟았는데 전혀 개의치 않았다. 괜히 더 있다가 가라고 할까 봐 서둘러 병원을 나섰다. 마침 곧 저녁 시간이어서, 집에 들어가기 전 근처 삼겹살집에 먼저 들렀다.

크으으으으으……. 자리에서 바로 조리된 음식이 얼마나 먹고 싶었는지 모른다. 병원식은 미리 대량으로 조리한 음식을 소분해서 카트로 실어다 주는 것이기 때문에 혓바닥 벗겨지게 뜨거운 이 후레쉬(?)함이 너무너무 그리웠다. 간만에 기분 좋게 행복한 식사를 하면서 영지와 내일부터 또 뭘 하러 갈지 수다를 떨었다.

그리고 드디어 집으로 들어갔다. 나는 짐을 들 수가 없어서 영지가 혼자서 낑낑대며 세 번이나 차에 다녀왔다. 영지는 들고 온 짐을 거실에 풀어놓느라 정신이 없었고, 현관에 선 나는 한 발짝도 들어갈 수가 없었다.

'어, 어떻게 해야 하지? 의족을 신고 들어가야 하나, 벗고 들어가야 하나? 신발을 벗으면 의족발은 미끄러워서 위험할 것 같으니까 의족을 벗어야겠다. 그러면 의족을 먼저 벗어야 하나, 오른쪽 신발을 먼저 벗어야 하나? 의족을 벗으려면 바지를 먼저 벗어야 하나? 음 일단 바닥에 앉아보자. 바닥에 앉아서 움직이려면 외투를 벗어야겠다.'

외투를 벗어 바닥에 내려놓고 바닥에 앉아 의족을 벗었다. 곧이어 손을 바닥에 짚고 엉덩이를 끌며 거실로 몸을 옮기는데 문득 영지가 나를 내려다보았다. 영지 눈에 닭똥같은 눈물이 핑 고였다.

"오빠, 이렇게 어떻게 다녀. 당장 바퀴의자라도 사러 가자."
"왜왜왜왜 울어, 이렇게 다니는 게 뭐가 어때, 집인데? 나는 괜찮은데?"

영지를 진정시키고 거실에 앉아 찬찬히 집을 둘러보았다. 괜찮다고 영지를 달랬지만, 집을 둘러볼수록 깊게 나오는 한숨을 몰래 삼킬 수밖에 없었다. 내가 그렇게 사무치게 그리워하던, 내 애정과 손길이 깃든 집은 당연히도 내가 장애인이 되는 경우는 전혀 고려하지 않고 있었다. 90센티미터가 넘는 높이의 싱크대와 자비 없이 천장에 딱 붙어 있는 상부장, 카페 느낌이 나는 대형 테이블이 채우고 있는 이 공간은 이제 엉덩이를 깔고 앉은 나에겐 아득히도 높았다.

샤워를 하고 꿈에 그리던 세상 푹신한 침대에 누웠다. 퇴원하고 집에 오면 마냥 행복할 줄 알았는데, 이날을 얼마나 기다렸는데, 막상 집에 와 보니 알 수 없는 우울감이 마음 한 구석에 피어났다.

'잘 살아갈 수 있을까, 다리 없이⋯⋯.'

침대에 누웠는데 환상통이 도졌다. 당연하게도 병은 병원에 두고 온 것이 아니라 집까지 따라왔다. 너무나도 그립고 익숙했던 공간에서 엄청난 이질감을 느끼며 환상통을 겪고 있자니 한참 동안 우울했다.

퇴원 첫날 밤은 푹 잤다. 사고 후 지금까지 새벽에 안 깨고 자본 날이 손에 꼽을 정도인데, 눈을 감았다 뜨니 아침 7시 20분이었다. 병실에선 새벽 일찍 눈을 뜨고 아침이 오기만을 기다리다 7시가 되고 불이 켜지면 바로 일어나 앉았는데 정말 오랜만에 침대에 더 누워 있고 싶다는 생각이 들었다. 고요하고, 편안하고, 영지가 옆에 있어서 좋았다.

택시를 타고 병원에 가서 평소와 다름없이 재활치료를 받았다. 치료를 받고 집으로 돌아왔는데 어제 거실에 늘어놓은 병원 짐이 그대로 있었다. 영지가 세 번이나 옮겨다 놓았기 때문에 짐이 꽤 많았다. 나는 원래 집에 물건이 어질러져 있는 걸 싫어해서 자꾸 치우고 정리하곤 했었는데 이제는 전혀 엄두가 안 났다. 말없이 엉덩이를 끌고 침대에 가서 드러누웠다. 이제는 집에 오면 침대에 있는 것 말고는 영지 도움 없이 할 수 있는 일이 하나도 없는 것 같았다. 침대에 누워 우울해하고 있는데 영지가 옆에 나란히 눕더니 울기 시작했다.

"예전에는 저렇게 치울 게 많으면 오빠가 같이 치워줬었는데 이제는 오빠가 못하니까 평생 내가 혼자 다 해야 될 것 같아서 막막하고 눈물이 나."

바로 어제 공학연구소에서 만난 어르신이 "장애인하고 살아주는 가족이 정말 고마운 거야. 심부름을 시켜도 한 번을 더 시킨다고"라고 말했던 것이 하루 만에 바로 현실로 다가오니 숨이 막혀 죽을 것 같았다. 그동안 병원에서 나랑 비슷한 절단환자들을 숱하게 보면서 잊고 있었던 현실감, 내가 정말로 다리를 잃었다는 상실감, 그동안 겪었던 고통,

앞으로의 삶에 대한 막막함과 영지에게 미안한 감정이 한 순간에 밀려오면서 나도 울컥 눈물이 쏟아졌다. 그렇게 둘이 껴안고 4개월치를 소급해서 엉엉 울었다.

지칠 만큼 울었다. 한참 시간이 흘렀고 우리는 서로를 달래며 일어났다. 뭐라도 해봐야 이 감정에서 벗어날 것 같았다. 바닥으로 내려와 엉덩이를 끌고 다니면서 짐 정리를 했다. 느릿느릿, 한 손에는 물건을 들고 다른 한 손으로 바닥을 짚으면서 하나씩, 하나씩 제 위치를 찾아주었다. 시간은 더 걸리지만 할 수 없는 일은 아니었다. 그러고 보니 침대에 누워 있는 것 말고는 영지 도움 없이 집에서 아무것도 할 수 없다는 것은 어쩌면 내 우울감이 만들어낸 착각이었다. 영지가 평생 힘든 일을 혼자 해야 될 것 같다고 느꼈던 것도 아마 내가 어제부터 우울해서 아무것도 하지 않고 가만히 있었기 때문이지 다리가 없어서 못하기 때문은 아니었다.

그래. 다시 한 번 솟아라, 긍정의 힘!

오른쪽 다리는
춥단 말이에요

집에 오니 입을 옷이 없다는 점이 새로운 문제로 떠올랐다. 단순히 입버릇처럼 하는 말이 아니라, 의족을 한 채로 입을 수 있는 긴바지가 하나도 없었다. 의족 발목은 분리하기도 어렵고 90도로 고정되어 있어서 바지 다리 구멍을 통과할 수가 없었다. 허벅지보다 굵은 의족 윗부분(소켓)은 바지 밑단을 통과할 수가 없으므로 바지를 먼저 입고 의족을 신는 것도 불가능했다. 병원에서 절단 선배님들은 바지 옆단을 허벅지까지 트고 지퍼를 달아서 의족을 신은 후에 바지 다리 지퍼를 채운다고 했는데, 나는 바지 핏도 엉망이 되어서 싫고, 그냥 의족 다리는 내놓고 다니고 싶었다. 굳이 감추어야 할 이유도 없거니와 의족을 드러내고 다니면 다른 사람들도 내 다리를 보고 좀 주의해주겠지 하는 마음이었다. 그리고 의족을 감추고 부자연스럽게 걸으면 잘 걷지 못하는 사람처럼 보이지만 의족을 내놓고 조금 절뚝거리면 의족인데도 잘 걷는 사람으로 보일 것 같은 작은 희망(?)도 있었다.

처음 며칠간은 옷이 없어서 트레이닝 반바지에 롱패딩을 입고 다녔다. 하지만 이 추위에 언제까지 반바지를 입고 다닐 순 없어서 쇼핑을 하러 갔다. 쇼핑만큼 보행재활에 도움 되는 활동도 또 없을 것이다. 이제는 예전만큼 바지를 입어보는 일도 쉬운 일이 아니기 때문에 신중하게 바지를 골랐다. 프랑스 악어 브랜드에서 통이 큰 바지를 입어 보았는데, 아무리 통이 큰 핏이어도 바짓단이 의족 소켓만큼 넓지 않아서 의족이 바지를 통과할 수는 없었다. 다행히 무릎 높이 정도까지는 들어가기에 바지를 무릎 높이에서 자르기로 했다. 바지를 구매하고 점원분께 수선을 의뢰했다.

"키가 이렇게 크신데 수선을, 왜요?"
"다리가 이래서요."

나는 의족 다리를 달랑달랑 흔들어 보이며 대답했다. 점원은 깜짝 놀라며 수선실에 같이 가서 수선을 하자고 했다.

수선실에서도 한 번 더 똑같은 질문에 똑같은 대답을 하고 의족 다리 높이를 체크했다. 수선을 맡겨놓고 30분 뒤에 찾으러 갔는데, 세상에나…….

수선실 아저씨가 바지의 양다리를 다 잘라 놓으셨다. 어… 이게 뭐여……. 아저씨, 오른쪽 다리는 춥단 말이에요. 큰 맘먹고 산 프랑스 악어 브랜드 바지는 본 적도 없는 길이의 6부 바지가 되어 있었다. 의족을 써서 잘라야 된다고 했지, 오른쪽은 그대로 두고 왼쪽 다리만 잘라달라고 정확히 주지시키고 나온 게 아니었기에 분명 내 잘못도 있었다. 3천 원 받고 수선해준 아저씨한테 비싼 바지 물어내라고 하기도 그렇고, 아저씨와 나와 영지는 15초 정도 말없이 머리를 싸매고 있었다.

곧 아저씨가 다시 이어주겠다고 해서 정신을 차렸다. 별로 티 안 나게 이을 수 있다고 해서, 일단 이어보고 안 되면 그냥 5부 반바지로 다시 자르기로 하고 이어달라고 했다. 후우. 정말 다행히도 다시 이은 바지는 크게 티가 나지 않아서 그냥 입기로 했다. 가까이서 보면 분명 보이지만 '절단장애인의 바지 사기' 수업료를 냈다 치기로 했다.

강아지는
편견이 없다

퇴원 후 한동안은 입을 옷이 없어서 영하 10도의 한겨울 추위에도 반바지에 롱패딩을 입고 다녔다. 외출이라고 해봐야 통원치료를 다니는 일뿐이었기 때문에 별 문제는 되지 않았지만 이내 인터뷰나 출판사 미팅 같은 약속이 잡히면서 왼쪽 다리를 자른 긴바지 몇 벌을 갖추게 되었다. 격식을 갖춘 자리에 헐렁한 스웨트 팬츠나 옆단을 다 뜯은 트레이닝복을 입고 다닐 수는 없으니까. 긴바지를 갖추기 전 반바지를 입고 다닐 때 내 의족보행을 본 사람들은 종종 이렇게 말했다.

"와, 긴바지만 입으면 정말 감쪽 같겠네요!"

물론 정말 잘 걷는다는 의미로 건넨 칭찬의 한마디였겠지만 이 말을 들을 땐 마음 한 구석이 불편했다. 장애가 창피한 것이기 때문에 꼭꼭 숨겨야만 한다는 선입견이 드러나는 표현이었기 때문이다. 나는 그들의 기대에 따라 굳이 입기에도 불편하고 생활하기에도 불편한 긴바지로 의족을 가려 비장애인을 연기하고 싶은 마음이 없었다. 이런 불편한 칭찬은 내가 한쪽 다리를 자른 긴바지를 입고 다니기 시작한 후부터는 세련되지 못하고 배려심 없는 의문으로 바뀌었다.

다니던 회사에 퇴원 후 처음으로 인사를 갔을 때 있었던 일이다. 그간 종종 소식을 공유하던 부서원들은 나를 반갑게 맞아주었지만 타 부서에 인사를 갔을 때, 사람들은 마치 대낮에 귀신을 본 듯한 표정이었다. 정적을 깬 것은 한 임원이었다. 그는 내게 악수를 건네며 그간 있었던 일과 내 상태에 대해서 이것저것 물었다.

"아니, 그런데 바지는 왜 자른 거야? 거, 가릴 수 있잖아."

순간 그와 나누었던 모든 대화에 피로감이 밀려왔다. 여기 서서 대화를 이어가며 이 사람을 설득하는 게 의미 있을까? 아니, 그렇지 않았다. 나는 이 시대의 MZ회사원으로서

회사 다닐 때 자주 쓰곤 했던 '밝은 자본주의 표정' 마스크를 쓰고 대화를 마무리 지었다. 네네, 알겠습니다. 괜찮습니다. 아이고 맞습니다. 하하하.

많은 반가운 사람들과 몇몇 반갑지 않은 사람들과의 인사를 마치고 회사를 나설 때, 멍충한 강아지들이 왈왈 짖어댔다. 직원들 저마다 부르는 이름이 달라서 수십 개의 이름을 가지고 있는 이 녀석들. 회사 정문으로 드나드는 것은 대형 화물 트럭들뿐이라 딱히 지킬 것도 없으면서 누가 지나가면 열심히 짖고 보는 녀석들이다. 그중 한 녀석이 유난히도 세차게 엉덩이를 흔들며 방방 뛰었다. 이 아이는 반년 만에 만나는 나를 잊지 않은 것 같았다. 가까이 다가가니 조심스럽게 킁킁, 잠깐 의족 냄새를 맡더니 이내 발라당 배를 보이고 누웠다.

역시 개들은 사람을 편견 없이 사랑해준다. 개들은 어떻게 다쳤냐고, 왜 의족 보이게 내놓고 다니느냐고 묻지도 않았다. 이 의족은 얼마짜리인지 알량한 호기심을 내비쳐 보이지도 않았다. 그저 있는 그대로의 나를 반기고, 눈을 감고 내 손길을 즐겨주었다.

처음 맞이하던
우리의 주말

퇴원 후 처음으로 맞이하는 주말은 2023년 설날 연휴였다. 아직 장거리를 이동하는 것은 힘들고 거동이 불편해서 본가에 내려가지 않고 둘이서 오붓하게 보내기로 했다. 영지와 나, 둘 다 어디에도 가지 않고 보낸 설날은 평생 처음이었다. 다행히 연휴가 시작되기 전에 때마침 바퀴의자가 택배로 배송되어 와서 집 안에서의 거동도 꽤 수월해졌다. 집이 그렇게 넓지 않아서 휠체어를 타고 다니는 것은 조금 번잡스러웠고, 동그란 좌석이 달려 있고 높낮이 조절이 가능한 조그만 바퀴의자 정도면 충분했다.

장애인을 맞을 준비가 전혀 되어 있지 않았던 우리 집 구조에 대해서도 며칠간 많이 생각해보았다. 내가 영상이나 글쓰기 작업을 할 때 카페 같은 분위기를 만들어주고 집에 손님을 초대했을 때도 격식 있게 식사를 대접할 수 있는 높은 우드슬랩 테이블과 의자를 포기하고 싶지 않았고, 싱크대를 바닥으로 끌어내리고 싶지도 않았다. 내가 마음에 들어서 꾸민 집인 만큼 최대한 그대로 두기로 했다. 다만 따뜻한 거실 분위기에 대한 로망이 있어서 거실 테이블 밑에 러그를 깔아 놓았는데 그 위에선 바퀴의자가 구르질 못하니 치워버렸다.

지난 4개월 동안 영지가 혼자 집에서 지내면서 하기 힘들었을 대청소를 했다. 이불을 빨기 전에 먼지를 털어야 하는데, 영지가 그냥 세탁기에 넣겠다고 했다. 항상 둘이서 이불 양끝을 잡고 털었는데 내가 이불을 같이 못 털어주어서 민망할까 봐 그러는 것 같았다. "잔말 말고 줘봐" 하고 한쪽 끝을 잡았다. 한 다리로 지지하고 이불 터는 데에는 아무 문제도 없었다. "평소랑 똑같지?" 하고 기세등등한 표정을 짓자 영지가 괜한 걱정을 했다고, 오빠 다 할 수 있네, 하고 맞장구를 쳐주었다. 믿기 힘들 수도 있지만 바퀴의자 위에 앉아 돌아다니며 가구의 먼지도 털고 청소기도 밀고 물걸레질도 했다. 바퀴의자에 앉아서 걸레질을 하니 완벽하게 발자국 하나 안 남기고 걸레질을 할 수 있다는 장점이 있었다. 다만 화장실 청소는 두 다리 없이는 힘들어서 영지가 도맡아 했다. 쭈그려 앉을 수가 없기 때문이다.

먼지를 털다가 책장에 진열해놓은 다스베이더 모형을 보니 문득 재미있는 생각이 나서 왼쪽 다리를 빼 버리고 광선검을 지팡이처럼 짚도록 했다. 지체장애 3급 다스베이더 완성. 갑자기 다리를 잃은 것이 억울하겠지만 나도 그랬단다. 주인을 따라야지.

주말에 청소를 끝내고 나니 집도 우리 마음도 한결 여유로웠다. 공원으로 산책도 다녀오고, 점심을 먹으러 나가기도 하는 등의 일상을 보냈다. 매일 의족을 하고 5천 보 정도는 걸었다. 앞으로 평생 절대로 의족을 신고 벗는 걸 귀찮아하지 말자는 다짐을 했다. 연휴 동안 매일 걸었더니 걷는데 점점 여유가 생기는 것 같았다. 5월에 신혼여행 가서 엄청나게 걸어야 하니까 최대한 많이 연습해야 했다. 그리고 남는 시간은 푹 쉬었다. 정말 게으르게 몇 달 만에 늦잠도 자보고 낮잠도 늘어지게 잤다. 자고로 소중한 것을 낭비하는 것이 최고라지. 돈, 시간, 젊음……

이제야 보이는
장애인전용주차구역

병원에서 퇴원하고 집에 왔을 때, 그전까지는 전혀 인지하지 못했던 문제가 바로 드러났다. 우리가 살던 아파트에는 장애인전용주차구역이 단 한 칸도 설치되어 있지 않다는 것이다. 장애인전용주차구역은 지난 1999년 제정된 '장애인·노인·임산부 등의 편의증진보장에 관한 법률'에 의해 운영되고 있다. 따라서 공동주택의 경우 장애인의 주차 수요를 고려하여 총 주차 가능 대수의 최소 2~4퍼센트만큼* 장애인전용주차구역을 설치해야 하는데, 문제는 이 법이

---

* 장애인전용주차구역의 설치비율은 전국 공통 최소 2퍼센트 이상이며, 몇 퍼센트를 최소비율로 할지는 해당 지역의 자치조례에 따른다.

소급 적용되지 않는다는 것이다. 그래서 1999년 이전에 준공된 우리 아파트는 1,200세대가 살고 있는 대단지임에도 장애인전용주차구역이 한 대도 없었던 것이고, 몇 달 전까지만 해도 비장애인이었던 나는 이 심각한 문제를 인식도 못하고 있었던 것이다. 소수자와 연대할 줄 알고 사회의 부정한 면에 분노할 줄 안다고 생각했던 같잖은 나는, 장애인이 되기 전까지는 사실 이만큼이나 무지하고 둔했다.

비장애인이었던 시절 나의 눈에 비친 장애인전용주차구역은 그저 장애인들이 편하게 다닐 수 있도록 접근성 좋은 곳에 주차구역을 양보해준 것에 지나지 않았다. 하지만 장애인이 되고 보니 장애인전용주차구역은 양보의 개념이 아니라 가능과 불가능의 개념이었다. 장애인전용주차구역 한쪽에 있는 빗금 쳐진 공간은 장애인이 운전이 서투르니 주차면을 넓게 쓰라고 둔 공간이 아니라, 문을 활짝 열고 휠체어를 놓는 공간이다. 장애인은 아무리 일반 주차면이 비어 있더라도 그곳에 주차를 하면 타고내릴 수가 없다. 옆이 비어 있어 주차를 했다가도 일을 보고 돌아왔을 때 주차가 되어 있으면 차를 탈 수 없다. 그러면 나처럼 휠체어를 타지 않는 의족보행자는 어떨까?

휠체어 이용자만큼은 아니지만, 의족보행자도 차문을 넓게 열어야 차를 타고 내릴 수 있다. 우리가 차에서 내릴 때는 무의식적으로 발목을 아래로 향하면서 차 밖으로 다리를 내민다. 그렇게 해야 차체와 문짝 사이의 좁은 공간을 통과하기 편하기 때문이다. 하지만 의족은 내 의지대로 무릎과 발목을 움직일 수가 없다. 나도 차에서 내릴 때마다 손으로 의족을 직접 들어 밖으로 꺼내주어야 땅을 딛고 일어설 수 있다. 일반적인 주차너비로 주차를 해서는 그냥 차에 갇힌 신세가 되고 만다.

퇴원해서 집에 돌아온 다음 날, 나는 주차구역 설치를 건의하기 위해 아파트 관리사무소에 전화를 걸었다. 전화를 받은 직원조차도, 아파트에 장애인전용주차구역이 없다는 것을 모르고 있었다. 그는 수화기를 내려놓고 "우리 장애인 주차 칸 하나도 없어요?" 하고 주변에 물은 뒤에야 "없다"라는 답변을 할 수 있었다. 이후에 전화를 넘겨받은 상급자는 내게 이렇게 말했다.

"내년에 아파트 부지 한쪽에 불필요한 시설물을 철거하고 주차면 확장을 계획 중이었거든요. 그래서 원래대로라면 그곳에 설치해드릴 수 있는 건데, 최근에 아파트 내부 수리나 엘리베이터 교체 공사로 예산을 사용하는 바람에 내후년에 예산을 확보해서 설치하게 될 것 같습니다. 아무쪼록 그때까지 다른 곳에 주차를 하시고……."

이 사람도 과거의 비장애인이었던 나처럼 장애인전용주차구역이 고작 '편의'에 지나지 않는다고 생각하는구나. 참으로 기가 찼다. 속이 뜨겁게 끓어올랐지만 과거의 내 아둔함을 속죄하는 마음으로 차분히 이야기를 이어나갔다.

"선생님, 제가 출입문 가까운 곳에 편하게 주차하고 싶어서 요청하는 게 아니고요, 사고로 이제 장애인이 돼서 차문을 활짝 열지 않으면 타고 내리는 것 자체가 불가능하거든요. 이게 예산을 문제로 2년을 기다리라고 할 문제는 아니지 않겠습니까?"

그는 할 말을 잇지 못하면서도, 한 칸이라도 당장 마련해주겠다는 답변을 하지는 못했다. 영지는 이 문제에 나보다도 훨씬 분노했다. 관리사무소는 안 되겠다며 구청에 전화를 걸어 사정을 설명했다. 고작 한 칸. 1,200세대가 살고 있는 대형 단지의 우리 집 출입구 앞에 단 한 칸의 장애인전용주차구역을 갖는 데 꼬박 두 달이 걸렸다. 그때까지 내가 차를 사용해야 할 때면 영지가 따라 나와 출차와 주차를 대신 해주어야 했다. 집 앞에 새로 생긴 장애인전용주차구역 한 칸은, 우리가 앞으로 헤쳐 나가야 할 수많은 불편함과 그것을 뛰어넘기 위한 노력을 상징하는 것과도 같았다. 힘들었지만 뿌듯했다. 하지만 그 뿌듯함은 채 이틀을 가지 못했다.

다음 날, 병원에서 치료를 받고, 퇴근하는 영지를 픽업해서 집에 왔을 때 우리는 절망했다. 두 달을 노력해서 간신히 얻어낸, 작고 소중하고 예쁜 장애인전용주차구역에는 장애인 보호자용 흰색 주차표지*를 달고 있는 차량이 떡하니 주차되어 있었다.

장애인의 가족인 자가 혼자서 얌체 주차를 했을 모습이 눈에 선했지만 달리 어쩔 방법이 없었다. 결국 나는 그날도 영지에게 주차를 맡겨야 했다. 다음 날도, 그다음 날도 마찬가지였다. 우리보다 빨리 퇴근하는 그는 매일같이 그 자리를 차지했다. 지금까지 장애인전용주차구역 없이도 잘 살았던 그가 말이다. 며칠간 출근 시간에 나는 창가에 기대고 앉아 밖을 내려다보았다. 예상대로 차주는 전혀 보행에 문제가 없는 사람이었다. 그날 저녁, 나는 그 차에 쪽지를 써 붙였다.

---

* 장애인전용주차구역에 주차할 수 있는 주차표지에는 장애인 본인 운전용 (주황색)과 장애인 보호자 운전용(흰색) 두 종류가 있다. 보호자 운전용 표지의 경우, 주차를 할 때 차량에 장애인이 탑승하고 있는 경우에만 장애인 전용주차구역을 사용할 수 있다. 반면 출차를 할 때는 비장애인 혼자서 출차해도 문제가 없기 때문에 신고하기가 어렵다.

안녕하세요, 저는 최근 불의의 사고로 장애인이 됐습니다. 문을 활짝 열지 않으면 차에 탈 수가 없어서, 구청에 두 달 간 민원을 넣어 장애인전용주차구역을 설치했습니다. 차주 님은 지금까지 장애인전용주차구역이 없어도 문제가 없으셨던 것 같아요. 장애인전용주차구역이 꼭 필요하시면, 이 제는 선례가 있으니 구청에 민원을 넣으면 금방 설치해줄 것입니다. 꼭 이 칸이 필요한 게 아니시라면 저에게 양보를 해주시면 좋겠습니다. 저는 이 칸이 없으면 제 아내가 주차를 대신해주어야 합니다. 부탁드립니다.

그는 두 번 다시 그곳에 주차하지 않았다. 쪽지를 보고 충분히 창피함을 느낀 것이라 생각했다. 평화적인 방법으로 문제를 해결해서 뿌듯했다. 하지만 이번 뿌듯함도 일주일을 가지 않았다. 또 다른 놈이 주차를 하기 시작했다. 이 놈을 물리치면 또 그다음 놈이, 또또 그다음 놈이, 이 아파트 주민 중에 장애인전용주차구역 표지를 가지고 있지만 지금까지 사는 데 문제가 없었던 모든 사람들이 같은 쪽지를 받을 때까지 이 지독히도 답답한 짓거리는 계속해서 반복되었다. 영지와 나는 지금도 퇴근 시간보다 늦게 집에 돌아올 때면, 코너를 돌아 우리 집 앞 주차 칸이 보일 때까지 가슴을 졸인다.

이미 이 아파트에 장애인주차표지가 있는 모든 사람들을 만난 것 같은데, 새로운 방문객도 계속해서 찾아오기 때문이다. 장애인전용주차구역 위반 문제는 정말로 모든 주차장에서 항상 일어나는 문제였다. 주차면이 출입구에 가까우니 배달 오토바이나 물류·택배 배송트럭이 차지하는 것이 일상이고, 주차 칸이 필요한 장애인 본인이 주차하는 경우보다 장애인 보호자용 흰색 주차표지를 붙인 차에서 비장애인 한 명이 타고 내리는 경우가 훨씬 많았다. 보호자용 흰색 주차표지는 장애인이 탑승한 경우에만 주차가 가능하지만 차에서 내리는 순간 현행범(?)으로 적발되는 것이 아니면 신고도 거의 불가능하기 때문에 너무나도 흔하게 불법이 자행된다.

내가 광주의 본가에 방문했을 때의 일이다. 본가의 아파트 장애인전용주차구역 옆에는 휠체어를 내리는 빗금 칸 옆으로 폭 1미터 정도의 주차선이 그려지지 않은, 보행자를 위한 통로공간이 있었는데, 어떤 얌체 운전자가 빗금 칸과 통로 공간을 물고 주차를 해두었다. 장애인전용주차구역 칸 안에 주차를 하면 과태료가 10만 원이지만, 주차구역을 사용할 수 없게 가로막거나 빗금 칸을 물고 주차하는 경우 '장애인전용주차구역 주차방해 행위'로 간주되어 50만 원의 과태료가 부과된다. 민원신고를 위해 사진을 찍고 있는데 마침 차주가 멀리서 달려오더니 지금 차를 빼겠다고 했다. 나는 그의 양심 없는 모습에 화가 났다.

"어휴, 이렇게 주차하시면 주차방해 행위로 과태료 50만 원이에요. 뭐 하러 이렇게 비싼 주차를 하세요? 그냥 당당히 위반하시고 10만 원 내세요."

집에 들어와 부모님께 이 이야기를 했더니 아버지는 걱정스러워 하시며 나를 말렸다.

"과태료 50만 원 물고 기분 좋을 사람 없다. 분명히 그 사람이 양심 없는 짓을 한 건 맞지만 그 사람도 여기 주민인데 나쁜 맘먹고 너를 해코지하면 어떡하니? 너는 의족이 보이니까 특정하기도 쉽잖아. 이렇게 마주치고 한소리 들었으면 창피한 건 알았을 테니 신고는 하지 말아라."

답답했다. 아버지 이야기를 듣고 보니 그자가 이런 식으로 주차를 한 게 처음도 아니었다. 아버지는 내가 나쁜 일을 당할까 봐 걱정되어 한 말이었지만, 그동안 장애인 아들이 있음에도 집 앞에 이렇게 주차하는 사람을 신고하지 않은 것이 몹시도 서운했다. 나는 답답한 마음에 아버지에게 쏘아붙이듯 대답했다.

"사람들이 이렇게 '같은 주민인데', '좋은 게 좋은 거지'
하면서 저런 짓을 방관하니까 결국은 저 같은 장애인이 실
제로 피해를 보고서야 문제가 고쳐지는 거예요."

피로했다. 화가 나서 아버지께 쏘아붙였지만, 생판 남이
양심 없이 한 짓 때문에 아버지와도 얼굴을 붉히는 이 상황
속에는 장애인이 겪는 복잡한 삶이 그대로 전시되어 있었
다. 장애인이 되어서 가장 불편한 것은, 아이러니하게도 몸
이 아니었다.

장애인전용주차구역 위반 신고는 거의 일상이 되었다.
내가 따로 찾아다니면서 신고하지 않아도 신고내역은 쌓여
만 갔다. 신고를 할 때면 기분이 좋지 않았다. 이렇게 많은
사람이 번번이 위반을 하고 있었다는 사실이 마음을 무겁
게 만들었다. 그래도 나와 내 다음 장애인 운전자를 위해서
보이는 대로 꼬박꼬박 신고를 했다. 50만 원의 과태료가 부
과되는 주차방해 행위를 신고할 때, 가끔 구청에서 전화
가 왔다.

"장애인전용주차구역 주차방해 행위 신고하신 것 때문

에 연락드렸습니다. 보내주신 주차방해 행위를 확인은 했고요, 저희가 계도를 할까요, 아니면 과태료 부과를 원하세요?"

어이가 없었다. 설마 싶어 계도가 무엇이냐고 물었더니, 앞으로 그러시면 안 된다고 전화를 드려서 설명해주는 절차라고 대답했다.

"과태료 부과보다 확실한 계도가 있을까요? 그 사람이 그거 몰라서 그랬겠습니까?"

우리나라는 해당 법규가 1999년에 제정된 이후로 10만 원이라는 과태료가 단 한 번도 인상되지 않았다. 미국은 최대 130만 원*, 일본은 230만 원의 과태료가 부과되는 것과는 대조적이다. 인터넷에서 과태료 인상 담론에 대해 찾아보면 '일반 주정차구역 위반도 4만 원인데 장애인전용주차구역 위반에만 수백만 원을 물리는 것이 형평성이 맞느냐'

＊　미국은 주마다 법이 달라 과태료 부과 금액도 다르다. 예를 들어 캘리포니아주는 500~1,000달러의 과태료가, 뉴욕주는 250~500달러의 과태료가 부과된다. 또한 벌점이 함께 부과되기도 해서 위반이 누적되면 면허가 취소되기도 한다.

라는 반응과, '주차구역이나 충분히 만들어주고 과태료를 올려라, 세금이 부족하냐'라는 반응 일색이었다. 하아…….
그래, 형평성에 맞게, 일반 교통위반 과태료도 싸악 다 올리자.

※ 장애인전용주차구역 위반 신고는 현재 '안전신문고' 앱에서 간편하게 할 수 있다. 어플리케이션 불법 주정차 → 유형 → 불법 주정차 위반유형 → 장애인 전용구역을 누르면 된다. 신고사진 촬영은 앱 안에서 촬영한 것만 인정되며 미리 촬영해둔 사진으로는 신고할 수 없다. 주차위반의 지속성을 확인하기 위해 1분 간격으로 두 장의 사진을 촬영해서 신고해야 하는데, 첫 사진을 촬영한 후 아래 칸에 위반내용을 작성하고 다음 촬영을 진행하면 조금 더 시간을 아낄 수 있다. 이 책을 읽는 독자라면 더 나은 장애인의 삶을 위해 소중한 1분을 기부해주시기 바란다.

이만하길
얼마나 다행이니?

외상이란 참으로 다양했다. 아주대병원 외상병동에서 본 환자들은 대부분 사고를 겪은 사람들이었다. 골절상을 입은 경우는 많았지만 절단을 한 경우는 많지 않았다. 당뇨로 발가락을 절단한 아저씨가 심각한 표정으로 나에게 다가와 당뇨냐고 물었을 땐 헛웃음이 나왔다. 아니, 아저씨, 보시다 시피 저는 온몸이 다 박살 나 있는데요……?

산재전문 병원인 근로복지공단 인천병원에 갔을 때는 걷는 사람보다 휠체어를 탄 사람이 더 많아 생경했다. 하지만 아이러니하게도 그 낯선 사람들 중에는 나처럼 다리가 없는 사람들도 더러 섞여 있어서 친숙했다. 인천병원에서의 첫날, 처음으로 밖에 나와 주차장에서 휠체어를 밀던 나는 저 멀리 입구에서 혼자 죽상을 하고 있던 아저씨와 눈이 마주쳤다. 나는 한눈에 나와 같은 대퇴절단 환자임을 알 수 있었다. 근심 걱정 가득한 그의 표정에서 나와 비슷한 초기 환자라는 것도 유추할 수 있었다. 누가 먼저랄 것도 없이 우리는 휠체어를 밀며 서로에게 다가갔다.

"아이고……. 젊은 사람이 어쩌다 그리 돼부렀소?"

그렇게 첫날부터 나는 그 아저씨와 인사하는 사이가 되었고, 며칠 후부터 아저씨는 동년배의 다른 대퇴절단 아저씨 두 분과 함께 다니기 시작했다. 절단환자 세 분이 항상 같이 다니고 아이들처럼 서로 장난도 치면서 첫날 아저씨 얼굴에서 본 근심 걱정 가득한 표정은 점차 지워져갔다. 내가 영지한테 세 명의 아저씨들을 지칭할 때는 '좌우좌 아저씨들'이라고 했다. 영지야, 저기 좌우좌 아저씨들 또 담배 피우러 간다. 왜 아저씨들을 가리켜 좌우좌라고 했는지는 상상에 맡긴다.

인천병원에서 비슷한 환자들을 숱하게 보면서 안정감을 찾았던 나와는 달리, 이곳으로 병문안을 온 사람들은 사색이 되었다. 팔이 없는 사람, 다리가 없는 사람, 신체 일부 또는 전부가 마비된 사람이 나다니는 것을 볼 일이 얼마나 있겠는가? 병원에서 다른 환자들을 본 부모님과 친구들은 내게 이렇게 말했다.

"이만하길 얼마나 다행이니?"

시간이 지나고 내가 겪은 일에 대한 이해가 깊어질수록, 사람들이 위로로 건네는 '이만하길 다행이다'라는 말이 곱게만 들리지 않았다. 장애가 크면 더 불행할 것이라는 편견이 그 말에 담겨 있음을 느끼기 시작했기 때문이다. 나도 처음에는 다른 환자들과 나를 비교하며 마음의 안정을 찾으려 했다. 나보다 많이 다치거나 더 큰 장애를 얻은 사람을 보면서 나는 이만해서 다행이라고 생각했다. 하마터면 이럴 수도 있었는데, 하마터면 저럴 수도 있었는데, 하마터면⋯⋯.

하지만 내 생각과는 달리 행복과 불행은 절단된 길이나 개수에 달려 있지 않았다. '고작' 발목 위를 절단해서 내가 보기엔 의족만 하면 뭐든 할 수 있을 것 같은 환자는 자기가 제일 아픈 것처럼 이야기하고, 도대체 저 고통을 어떻게 감내했을까 싶을 만큼 온몸을 다친 환자는 재활치료를 받는 동안 간단한 동작 하나하나에도 깊은 숨을 내뱉으며 힘들어하면서도 얼굴에는 삶에 대한 확신의 미소가 떠나지 않았다.

　환자들은 저마다 사연을 가지고 있었다. 사실은 '고작' 발목만 절단한 환자도 나보다 훨씬 오랫동안 생사의 기로에 놓여 있었을 수도 있다. 나처럼 완전히 회생 불가 상태로 병원에 와서 바로 절단한 경우가 아니라 수개월에 걸쳐 다리를 살리기 위한 수술을 수십 회 반복하다가 결국은 절단으로 이어지는 경우도 종종 있다고 했다. 병원에서 몇 개월간 생활하며 다양한 상황에 처한 환자들을 보면서 '나도 무릎만 남아 있었어도 얼마나 더 할 수 있는 게 많았을까?' 하던 생각은 점차 희미해져갔고 나는 스스로에게 자꾸만 질문을 던졌다. 정말 무릎이 남아 있었으면 그만큼 더 다행이었을까? 10센티미터를 더 절단했으면 10센티미터만큼 더 불행했을까? 두 다리를 잃었으면 정녕 '일어서지' 못했을까? 아니, 난 두 다리를 잃었어도 핸드사이클을 타거나 수영을 했을 것 같았다.

　그날 내가 왼쪽 다리를 잃은 것은 '불행히' 다리를 잃은 것이 아니고, '다행히' 다른 위험한 곳을 다치지 않은 것도 아니었다. 순전히 우연이었다. 우연偶然, 아무런 인과관계가 없이 뜻하지 않게 일어난 일이라는 뜻이다. 나는 그저 트럭이 지나간 곳을 잃었을 뿐이다.

　사고와 장애의 유형은 사람마다 너무나 다양해서 단순

히 물리적으로 부상의 범위가 적다고 해서 더 다행이고, 부상의 범위가 크다고 해서 더 불행한 것은 아니다. 왼쪽 다리를 잃은 나는 다리가 두 개이던 나보다 훨씬 더 섬세하게 행복을 느끼고 사랑을 경험하며 살고 있다.

병상에서 적은
버킷 리스트

나는 현실적이고 이성적인 성격이라 겁이 많았다. 생산성과 효율성에 매달렸고 끊임없이 내 분수를 알려고 노력했다. 이 회사에서는 이 정도의 급여를 받으니까 여기까지, 몇 년 후에는 어느 회사로 이직해서 어느 정도의 급여를 받으니까 이거까지 할 수 있겠다 하는 계획을 지니고 있었고, 마음속에 품었던 꿈은 현실에 맞추기 일쑤였다. 자전거를 그렇게 좋아하면서도 정작 심장을 뛰게 하는 최상급 자전거는 사본 적이 없다.*

---

* 이 부분은 유튜브 활동을 열심히 하면서 스폰서십이 생겨 어느 정도 충족되었다.

대학 시절 기계공학과 자동차 연구 동아리에 들어가 자작 자동차를 만들 정도로 차에도 관심이 많았지만, 내가 돈을 벌기 시작하면서부터 좋은 차를 타고 싶다는 꿈은 그저 꿈으로 남았다. 친구들 중 몇몇이 멋진 차를 타는 걸 볼 때면 부럽기도 했지만 잠깐일 뿐 할부금, 자동차세, 보험료 같은 현실적인 생각들이 뒤따랐다. 나한텐 이 정도가 맞아. 결국 중고 준중형차를 선택한 것은 그런 생각에서였다. 몇 년 전 유행하던 표현인 욜로YOLO*보다는 그 이후 반향으로 떠오른 '욜로하다 골로 간다'라는 캐치프레이즈가 나에겐 더 마음에 와닿았다. 나는 그런 사람이었다. 하지만 죽음에서 돌아온 나는 어쩌면 조금 더 감성적으로 행복을 추구하는 것이 인생을 풍부하게 만들어줄 수 있겠다는 생각을 하게 되었다. 그런 나의 깨달음은 병상에서 영지와 함께 작성한 버킷 리스트에도 반영되었다. 그중 몇 개는 의미가 있는 것 같아 공유해본다.

1. 의족이 보이게 웨딩사진 찍기

다리가 다시 자라날 일이 없으니, 이제 왼쪽 다리가 없는

---

*　　YOLO: You Only Live Once의 줄임말로, 인생은 한 번뿐이니 현재의 행복을 따르며 소비하며 사는 라이프스타일을 뜻한다.

것은 나의 고유한 특성이 되었다. 굳이 의족을 감추고 비장애인을 연기하며 결혼식을 올리고 싶지는 않았다. 그래서 나는 웨딩사진을 찍을 때부터 사진의 분위기를 해치지 않는다면 의족을 감추지 않고 사진을 찍기로 했다. 웨딩사진을 찍는 날, 사진사에게 의족에 대해서 별다른 말을 하지 않고 촬영에 들어갔는데 어느 순간부터 사진사가 내 다리가 보이지 않는 구도를 찾아서 촬영하고 있었다. 다리를 숨겨달라고 부탁하지 않았는데 숨겨가며 찍고 있어서 조금 언짢았지만, 숨기지 말아달라고 말하고 촬영을 이어갔다.

2. 영지 마음에 드는 결혼반지 고르기

우리 둘이 어떤 선택을 할 때 영지는 나의 의견을 따라주었던 적이 많다. 어쩌면 이조차도 나의 의견일 수도 있겠지만, 결혼반지만큼은 꼭 영지 마음에 드는 것으로 골라주고 싶었다.

3. 돈 생각 안 하고 옷, 신발 쇼핑하기

사치를 하고 싶다는 것은 아니다. 나는 평소 패션에 별 관심이 없었고 죽었다 살아 돌아왔다 한들, 없던 옷 욕심과 패션 센스가 생긴 것도 아니었다. 다만 간혹 백화점을 걷다가 정말 예쁘다고 생각했던 코트의 가격이 100만 원이 넘어 침을 꼴깍 삼키며 내려놓을 수밖에 없었던 순간, 마음에 꼭 드는 로퍼 한 켤레 신어보지도 않고 지나쳤던 순간은 죽음에서 돌아와서 마음을 추스르는 동안 마음속에서 도드라졌다. 그때 그거 사 입었어도 사는 데 별 문제없었는데. 멋진 옷 꺼내 입을 때마다 기분이 좋았을 텐데.

개나리가 피고 따뜻한 바람이 불어오기 시작할 때쯤, 나는 영지를 데리고 여의도의 한 백화점으로 향했고, 그곳에서 가격표를 보지 않고 마음에 드는 옷을 샀다. 자주 하지 못할 경험이었지만, 롱패딩보다 비싼 봄 외투를 사는 것은 짜릿한 경험이었다. 평소 다이소에서 1만 5천 원 지르기 정도를 신나는 쇼핑으로 생각하는 영지도 이날은 예쁜 원피스를 샀다. 이 원피스는 신혼여행을 떠날 때에도 챙겨가서 프랑스 파리에서 입었다. 근처 꽃집에서 산 꽃다발 하나를 들고 있으니 영지는 투르 에펠 가든tour eiffel garden에서 가장 싱그럽고 예쁜 공주님이었다.

4. 영지랑 사계절을 알 수 있는 사진 찍기

병상에 누워 있는 동안 핸드폰 사진첩을 얼마나 많이 돌려봤는지 모른다. 앞으로만 나아가는 삶을 살다 잠깐 멈추게 되었을 때, 사람은 추억으로 살아간다는 것을 절실히 느꼈다. 그동안 영지와 많은 곳을 놀러 다니면서 사진을 찍었지만, 시간과 계절이 느껴지는 사진은 더욱 따스하고 감각적이었다. 다시 돌아다닐 수 있게 되면 멋진 데 가서 멋진 사진 많이 찍어서 집에 액자로 걸어 두고 싶었다. 추억으로 가득 채워진 집에서 살면 훨씬 더 감정이 풍부해지고 일상이 소중해질 것 같았다.

　퇴원한 지 얼마 되지 않아 우리는 겨울을 느낄 수 있는 사진을 찍기 위해 나섰다. 목적지는 강릉 안반데기. 탁 트인 눈밭에서 영화《러브레터》, 혹은《이터널 선샤인》컨셉으로 사진을 찍기에 안반데기 언덕만큼 좋은 곳이 없을 것 같아서 이곳으로 정했다.

　영지는 산을 올라가면서부터 아이처럼 들떠 있었다. 정상의 카페를 지나 조금 더 가니 새파란 하늘과 아무도 밟은 적 없는 눈이 끝없이 펼쳐진 언덕이 나타났다. 우리는 구석에 차를 세우고 눈 덮인 언덕을 오르기 시작했다. 의족으로 언덕을 오르는 것은 정말 어려웠다. 발에 감각이 없으니 발이 눈에 얼마나 빠질지 감이 안 왔다. 또 의족 발목은 경사면에서 똑바로 서 있도록 구부러지질 않는다. 예전 같으면 영지가 내 손을 잡고 미끄러지지 않게 도움을 받았겠지만, 이제는 내가 영지 손을 잡아야 했다. 숨이 찼지만 그래도 영지 손을 잡고 눈 덮인 언덕을 오르는 기분은 좋았다. 영지가 조금만 도와주면 나도 다 할 수 있다는 걸 보여줄 수 있었다.

"그만 갈까? 오빠, 여기서 사진 찍을까? 여기도 괜찮을 것 같아."

나를 걱정한 영지가 물어도 완벽히 하얀 눈밭이 나올 때까지 10미터만, 5미터만 더 가자고 했다. 그렇게 우리는 자리를 잡고 눈밭에 누워 챙겨온 드론을 띄웠다. 사진을 찍고 내려와서 보니 내가 얼마나 굴러가면서 언덕을 오르내렸던지, 바지가 다 젖어서 남은 다리 하나마저 얼어서 떨어질 것 같았다.

5. 의족 신고 달리기

'달리기'라고 적었지만 걷고, 뛰고, 수영하고, 자전거를 타는, 두 다리로 하는 모든 활동을 포함한다. 나는 그저 다리가 있음으로써 자연스럽게 할 수 있는 이 활동들이 얼마나 생기 넘치고 자신에게 자유를 선물하는 활동인지 알게 되었다. 아직 의족보행을 하기 전, 나는 병원 앞마당에서 휠체어에 턱을 괴고 앉아서는 병문안 온 아이들이 이리저리 뛰어다니는 모습을 하염없이 바라보곤 했다. 아니, 정확히 말하면 뛰어다니는 아이들의 다리에서 시선을 뗄 수가 없었다. 수억짜리 의족으로 털끝만큼도 따라할 수 없는 저 자유로운 움직임, 방향 전환, 탄성……. 살아서 움직이는 다리는 그저 경이롭다는 말밖에는 달리 표현할 말이 없었다.

　나는 수월하게 보행하게 된 지금도 기계로 된 무릎제품의 움직임을 본 사람들이 "와, 의족 움직임이 정말 자연스럽네요, 진짜 다리 같아요!"라고 감탄할 때면, 속으로 '하핫, 그럴리가요'라고 말하곤 한다. 의족은 완전히 평평한 실내에서나 간신히 다리가 하는 일을 흉내 낼 뿐이기 때문이다. 경사면에서도, 계단에서도 내가 장애인임을 끊임없이 다시 확인한다. 달리고 싶으면 달리기용 의족이, 자전거를 타고 싶으면 자전거용 의족이 따로 필요하다. 그럼에도 내가 '의족 신고 달리기'를 버킷 리스트에 넣은 이유는 청개구리 같은 내 심성이 한몫했다. 시험 기간에는 벽지 문양만 보고 앉아 있어도 세상 재미있는 것처럼, 다리가 없고 보니 다리로 하는 모든 일들이 재미있어 보이는 것이다. 나는 사고 이전의 나보다 빨리 달리고, 멀리 자전거를 타고, 자유롭게 수영을 해낼 것이다.

그대, 순진무구한
가해자들이여

산재전문 병원인 인천병원에 입원해 있을 때는 무릎절단 환자는 흔한 케이스였다. 여러 환자들 사이에서도 같은 부위 절단 환자들끼리 조금 더 동질감을 느낄 뿐, 다리가 하나 없다고 해서 주목받는 일은 전혀 없었다. 하지만 이곳을 벗어나면 어딜 가더라도 모든 사람들의 시선을 한 몸에 받았다. 입원해 있던 도중 가끔 경과관찰을 위해 아주대병원에 진료를 받으러 가더라도, 세상 사람들이 다 나를 쳐다봤다. 힐끗 보고 얼른 눈길을 돌리는 사람도 있고, 놀란 표정을 감추지 못하는 사람도 있고, 대놓고 시선이 따라오는 사람도 있었다. 속으로는 '뭘 봐, 이 다리 두 개 달린 괴물들아!'라고 외치고 싶었지만 참았다.

나는 남의 시선에 크게 신경 쓰지 않는 성격이지만 한꺼번에 쏟아지는 시선은 불쾌했다. 절단환자를 처음 봐서 순간적인 이질감에 본능적으로 시선이 간 것일 테니 신경 쓸 필요 없다고, 저 사람들이 하루 종일 내 다리를 떠올리거나 나를 곱씹으며 동정하지는 않을 것이라고 나를 달래고 이해시켰다. 한 5분만 지나도 "아까 다리 없는 사람 봤어?" 하고 물으면 기억도 못 하겠지. 그들이 던지고 간 찰나의 시선의 무게에 비해 내가 나 자신을 방어하고 달래는 데 써야 하는 에너지는 훨씬 컸다.

한 번은 어떤 중년 남성이 내게 직접적으로 다가와서 일말의 양해도 구하지 않고 내 다리를 어루만지며 "아이고, 젊은 사람이 어쩌다 이렇게 됐소?" 하는 주옥같은 사태가 있었다. 순간 아찔했지만, 무례한 태도를 보이는 사람에게 똑같이 무례하게 응대해주고 나니 괜찮았다.

오히려 내가 가장 상대하기 어렵고 어떻게 대처해야 할지 모르겠는 경우는 어린아이들이었다. 처음 보는 절단된 다리가 신기해 눈을 떼지 못하면서도 무서워서 겁을 잔뜩 집어먹고 죄지은 표정을 짓는 이 작고 순진무구한 가해자들에게는 무슨 말을 해주어야 할지 도통 알 수가 없었다. 주변에 어린 사촌이나 조카가 없어서 베이비 토크도 해본 적이 없다. 어른이 되어가지고 아이들한테 "뭘 봐, 인마" 할 수도 없고⋯⋯.

"꼬마야, 엄마가 차 조심하라고 했어, 안 했어?"
"했어요."
"아저씨는 차 조심 안 해서 이렇게 됐어."

이렇게 말하는 시뮬레이션을 머릿속으로 돌려봤지만 순수한 동심을 너무 망가뜨려놓을 것 같아서 사용할 수는 없었다. 게다가 내가 조심하지 않아서 이렇게 된 것도 아닌데⋯⋯.

이런 고민들로 한참 시간을 보내던 나는 블로그 독자들에게 도움을 요청했다. 그러자 수많은 아이 부모님들이 댓글로 좋은 방법을 알려주었다. 오히려 아이들은 편견이 없고 단순하다고 했다. 아이들은 다리가 없는 것, 의족을 사용하는 것을 처음 봐서 신기할 뿐이지 장애에 대한 비뚤어진 가치판단을 하지 않기 때문에 '세상에는 안경을 쓰는 사람이 있는 것처럼 의족을 쓰는 사람도 있어'라고 대답해주면 그대로 받아들인다고 했다. 실제로 카페에서 만난 아이에게 이렇게 말해주었더니 아이는 배시시 미소를 지으면서 돌아가기도 했다.

신혼여행으로 방문했던 파리에서 에펠탑이 보이는 투르

에펠 가든에서 피크닉을 즐기고 있을 때, 한 외국인 아이가 뚫어지게 내 다리를 쳐다보고 있었다. 보통은 내가 먼저 아이한테 말을 거는 경우는 없는데, 신혼여행의 들뜸 때문인지 말을 걸었다.

"Sweetie, Do you think it's cool? You can touch this."
꼬마야, 이게 멋지다고 생각하니? 만져봐도 돼.

아이는 부끄러워하며 엄마에게 들러붙었다. 아이 엄마가 아이를 대신해서 엄지를 들어 보이며 멋져 보이나 봐요 하고 말해주었다. 불쾌하지 않고 오히려 기분이 좋았다.

이후 나는 유튜브에서 미국의 절단장애인 코미디언, 조시 선퀴스트 Josh Sundquist의 스탠드업을 보았다. 어린 시절 암으로 다리를 절단한 그도 나와 똑같은 고민을 하고 있었다. 물론 농담이겠지만, 그는 마주치는 아이들에게 이렇게 대답해준다고 했다.

"내 다리가 왜 없는지 궁금하니? 이가 빠지는 것과 똑같은 거야. 너도 이가 빠져본 적 있니? 어느 날 흔들거리다가 툭 하고 빠지는 거야. 다리가 빠지면 베개 밑에 넣어두고 자렴. 다리요정이 나타나서 장애인 주차증과 바꿔줄 거야."

장애는
그저 조금 불편한 것일까

'장애는 그저 조금 불편한 것일 뿐이다.'

초등학교 도덕 시간 때부터 들어왔을 이 상투적인 표현은 내가 직접 장애인이 되고 보니 그렇게 와닿는 표현은 아니었다. 세상에 있는 수많은 장애의 유형을 과연 '조금 불편하다'라는 말로 뭉뚱그릴 수 있는 것인지도 의문이고, 사실 '조금 불편한' 일들은 내가 부지런하기로 마음먹으면 얼마든지 해낼 수 있었다. 청소를 하는 것, 음식물 쓰레기를 버리러 가는 것, 누군가의 부탁으로 차를 빼러 가는 것, 집 근처 편의점에 가는 것 등의 일에서 수반되는 '의족 신고 벗기' 혹은 '휠체어 타기', '목발 짚기'만 귀찮아하지 않는다면 말이다.

사실 조금 불편한 일보다 받아들이기 어려운 것은, 장애를 가지고 있음으로써 사소한 일에 실패한다는 것이다. 어딘가에 방문했다가 장애인전용주차구역에 남은 자리가 없어서 일을 볼 수 없다거나, 혼자 간 카페에서 엘리베이터가 없어 쟁반을 들고 위층으로 올라가지 못해 다른 카페를 찾아야 하는 것, 매일 자전거 훈련을 위해 찾는 한강공원에서 화장실과 편의점을 갈 수 없다는 것 같은 정말 사소한 일 말이다.

　한강공원의 화장실과 편의점은 장마철 잦은 범람으로 인한 피해를 줄이기 위해 점점 부상형으로 교체되고 있다. 부상형 건물이란 한강이 범람하면 침수되는 것을 막기 위해 데크 위에 있는 가건물이 물에 떠오르는 방식이다. 깨끗하고 안전한 시설물 관리를 위한 서울시의 획기적인 아이디어이지만 부상 데크 위에 지어진 화장실과 편의점은 내게 접근금지 표지판과도 같았다. 높이가 높아지면서 계단이 생겼고, 휠체어용 경사면도 그만큼 길어지면서 오르기 힘들어졌기 때문이다. 이걸 허가한 공무원은 과연 이 경사면을 휠체어로 올라갈 수 있을까 싶다. 그자를 잡아다가 남은 평생 화장실을 갈 때마다 휠체어에 앉아서 경사면을 오르도록 하는 형벌에 처하고 싶은 심정이다.

　또 다른 사소한 일로 큰 실패를 맛보는 경우도 있었다.

자전거 대회 참석을 위해 지방에 방문했을 때의 일이다. 자전거를 세 대나 가지고 가야 해서 휠체어나 바퀴의자를 챙길 수 없었던 나는 숙소에 들어가면 한 발로 돌아다녀야 했다. 그날 나는 홀로 샤워를 마치고 밖으로 나오려 했고, 욕실 입구에는 5센티미터도 안 되는 조그마한 단차가 있었다. 앉아서 움직일까 고민하며 방을 둘러봤지만 숙소 바닥이 영 깨끗해 보이진 않았기 때문에 엉덩이를 끌고 다니기는 싫었다. 조심스레 목발을 짚고 단차를 넘으려고 힘을 주는 순간, 목발과 발이 미끄러지면서 나는 그대로 바닥에 꼬꾸라졌다. 절단된 무릎 뼈를 타일바닥에 찧었다. 눈물이 쏙 빠지게 아팠다. 시합 내내 대퇴골이 아팠고 걷는 것도 힘들었다. 경기를 마치고 찾은 정형외과에서 검사한 결과, 다행히 골절 소견은 없었지만 2~3주 정도 걷는 것을 줄이라고 했다.

장애를 가지고 있다는 것은, 정말 사소한 일상에서도 커다란 실패를 할 수 있다는 것을 의미하고, 전보다 훨씬 더 조심성 있게 살아야 한다는 것을 의미함을 '뼈저리게(문자 그대로!)' 느꼈다.

4장

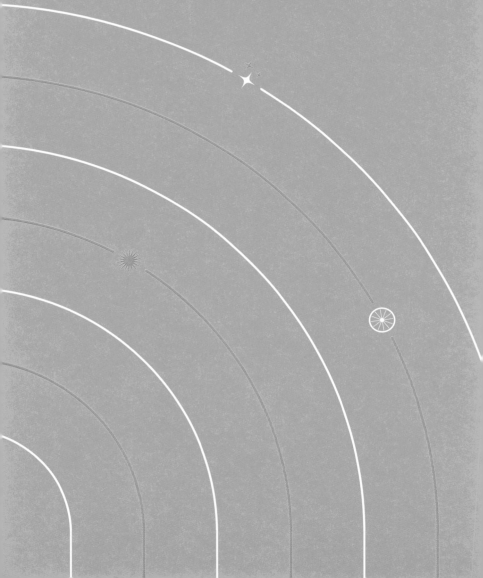

새로운 기회를
쫓아가는 중

장애인 사이클 선수가 되기로
결심하다

어려서부터 운동에는 별 흥미가 없었다. 특히나 구기 종목 위주였던 학교체육에서 나는 흔히 말하는 '개발'이었다. 공을 차면 영 생각지 못한 곳으로 날아갔고 농구를 하면 유난히 손이 미끄러웠다. 키가 커서 어쩔 수 없이 골키퍼를 맡기도 했지만 우리 반 친구들이 공을 잘 막아내 내게 공이 오지 않기를 바랐다. 공부를 뛰어나게 잘하진 않았으나 공부 말고는 딱히 다른 걸 할 줄 몰랐던, 평범한 학생이었다. 대학에 들어가고 시간이 많아지자 나 혼자서 시간을 보내는 방법을 고민했고 그때 눈에 들어온 것이 자전거였다. 그래, 자전거를 타보자. 인터넷에서 20만 원짜리 중고 자전거를 샀다. 그때부터 자전거로 통학하며 매일 버스비를 아낀

돈과 과외를 뛰어 번 돈을 모았고, 몇 달 후에는 꽤 그럴 듯한 자전거를 살 수 있었다. 처음으로 내가 벌어서 산 자전거에 대한 애정이 샘솟았다.

내향형인 나는 혼자만의 시간을 즐기고 집에 있는 것을 좋아하는 타입이다. 신기하게도 안장 위에서 페달을 밟으며 보내는 시간은 나 혼자만의 시간이라는 기분이 들었다. 구기 종목도 아니었고, 꾸준히 성실하게 하면 실력이 계속 좋아질 수 있어서 나에게 잘 맞았다. 그렇게 자전거에 빠져들었다. 당시 우리 집은 집 앞 사거리부터 바로 무등산이 시작되는 위치여서 나는 매일 자전거로 무등산을 올랐다. 집에서 나오자마자 해발 400미터 고지까지 오를 수 있는 오르막이 있다는 것은 라이더가 성장할 수 있는 천혜의 환경이라는 것을 의미한다.

지리적 조건과 성향이 잘 맞아 자전거를 꽤 잘 탔지만 그렇다고 내게 빛나는 재능이 있는 것은 아니었다. 오히려 재능을 발견한 쪽은 이야기를 전달하는 능력이었다. 시작은 블로그였다. 자전거 라이딩 후기와 여행기는 꽤 많은 관심을 끌었다. 다음에는 영상을 제작했다. 유튜브에서 자전거 채널을 운영하면서 몇몇 영상이 인기를 얻더니 자전거 라이더들 사이에서 제법 유명해졌다. 자전거 유튜버로 활동하던 시간은 스스로에 대한 이해를 더 단단하게 다질 수 있는 기회가 되었다. 내가 좋아하는 것은 자전거이고, 잘하는 것은 콘텐츠 제작이야. 좋아하는 일을 좋아하는 그대로 남겨두기 위해 스트레스를 받지 않으려고 했고, 자전거 실력을 유지하기 위한 부담감도 갖지 않았다. 콘텐츠를 위해 상당한 실력이 필요하면 두어 달 전부터 운동량을 늘려 필요한 만큼의 실력을 만들고 콘텐츠가 끝나면 푹 쉬었다.* 때문에 영상으로는 자전거 타는 실력이 꽤나 좋아 보였던지, 종종 어린 친구들이 내게 메시지를 보내왔다. 자기가 자전거를 너무 좋아하는데 어떻게 하면 자전거 선수가 될 수 있느냐고. 나는 항상 이렇게 답했다.

"자전거 타는 게 좋으면 취미로 타시고, 재능이 발견되면 선수를 하세요!"

그만큼 나는 자전거 타는 게 좋은 사람이었지, 선수가 되고 싶은 생각은 없었다. 자전거를 타면서 알게 된 실업 선수들의 삶은 그런 생각을 더 강화해주었다. 다분히 청교도적인 그들의 삶에 대해 한 선수는 이렇게 말했다.

---

* 제주도 일주 당일치기(200킬로미터)나 추석 귀성길 자전거로 가기(330킬로미터) 같은 콘텐츠를 하려면 상당한 실력이 필요했다.

"매일 아침 6시부터 나와서 적게 타면 120킬로미터, 많이 타면 200킬로미터까지도 타요. 도로훈련이 끝나면 계산된 양만큼의 탄수화물을 먹고요, 믿을 수 없이 피곤한 몸을 이끌고 오후에는 웨이트 훈련을 해요."

비가 오나 눈이 오나 쉬고 싶은 날에도 자전거를 타야 하고 도핑 테스트에 걸릴까 봐 감기약도 쉽게 못 먹는 삶을 감당하고 싶진 않았다. 오랫동안 동호인으로 자전거를 타다 보니, 자전거를 잘 타는 것과 재미로 타는 것쯤은 명확히 구별할 수 있었다. 어느 모든 날과 다름없었던 그날, 끔찍한 사고를 겪게 되기 전까지 나는 그저 취미로 자전거를 타는 직장인이었다. 남들과 똑같이 회사를 다니고, 대출금을 갚고, 함께하고픈 사람이 있고, 소소한 취미가 있던 사람. 조금 다른 점이라면 좋아하는 취미를 온라인 플랫폼에 공유한 결과로 7만 명의 구독자가 있었고, 스스로 우리나라 자전거 동호인 문화에 조금이나마 영향을 주었다고 믿고 있었다는 것이다.*

그랬던 내가, 내 잘못도 아닌 한순간의 사고로 영영 사라

---

*   '기여를 했다'라는 뜻이 아니다. 내 콘텐츠가 좋고 나쁘고의 평가를 떠나서 어떠한 형태로든 '영향을 주었다'라고 생각했다.

져버린다는 것은 너무나 충격적인 일일 것이고 지금까지 내가 사랑해온 모든 일들이 통째로 부정당하는 것으로 마무리가 될 터였다. 나로 인해 자전거를 접는 사람도 많을 것 같았다. 그보다는 나은 모습으로 끝을 맺고 싶었다. 그래서 나는 다시 자전거를 타고 사람들 앞에 나서기로 했다. 차분히 천천히 준비해서, 얼마간의 시간이 걸리더라도, 내가 다시 한강 자전거길이나 그란폰도*에서 자전거를 탈 수 있다는 것만 보여주어도 사람들이 용기와 감동을 받을 수 있을 것이라고 생각했다.

내가 자전거를 다시 타겠다는 뜻을 내비치자 많은 자전거 관련 브랜드에서 연락이 왔다. 이전에도 유튜브 활동을 열심히 해왔기 때문에 마케팅이나 스폰서십 계약은 많았지만 그때마다 복잡한 계약서와 활동조건이 뒤따랐다. 그런데 이제는 달랐다. 물론 크게 다친 사람에게 계약서를 들이미는 것이 염치가 없어서 그랬을 수도 있겠지만, 조건 없이 앞으로의 행보를 응원하고 도전에 함께하고 싶다고들 했다. 자전거를 지원해주겠다는 브랜드가 있었고, 의류를 지

---

*　그란폰도Granfondo: 긴 거리를 이동한다는 뜻의 이탈리어에서 유래한, 비경쟁 자전거 라이딩 이벤트. 유럽 등지에서 많이 개최되는데 최근에는 우리나라에서도 유행하고 있어서, 적게는 수백 명에서 수천 명의 자전거 동호인들이 참가한다.

원해주겠다는 브랜드가 있었다. 헬멧도, 슈즈도 저마다 후원사가 뒤따랐다. 도와주시는 분들이 많아 그저 감사했고 한편에서는 '개꿀'이라는 속물적인 감정도 들었다. 입원한 지 세 달쯤 지난 어느 날, SNS를 통해 메시지 하나가 도착했다.

"박찬종 님 안녕하세요, 저는 장애인 사이클 국가대표팀 지도자입니다. (…) 자전거 선수에 관심이 있으시면 연락 주세요."

내 소식이 퍼지면서 장애인 국가대표 감독님에게도 전해진 것이다. 사고 전까지 운동선수가 되겠다는 생각은 전혀 없었다. 그런데 장애인 사이클을 생각하니 이야기가 조금 달라졌다. 내가 장애인 중에서 가장 잘할 것 같다는 기만적인 생각은 아니었다. 그저 눈을 돌려 보니 장애인 스포츠의 어려운 현실이 보였다. 감독님은 장애인 스포츠 지원이 턱없이 부족해 선수들이 운동에 전념하기 어려운 구조라고 했다. 내가 보기에도 장애인들은 각자 너무나 다른 상황에 놓여 있었다. 선수를 하면서 생업을 놓지 못하기도 했고, 그마저도 먹고사는 게 어려운 누군가는 '운동을 해야겠다'라는 마음조차 먹을 수 없는 상황에 있었다. 하물며 사이클이라는 운동은 선수마다 종목별로 자전거 세 대가 필요했다. 자전거 가격이야 천차만별이겠지만 제대로 된 레이스용 장비를 전부 갖추려면 5천만 원 정도는 필요할 것이다. 물론 국가 지원 같은 것은 꿈도 꿀 수 없었다. 장애인 운동선수에게 수천만 원어치 자전거를 지원하는 것보다 시급하고 간절한 복지를 따지자면 끝도 없을 것이다.

그러다 의족 브랜드 오토복*에서 의족을 지원해주겠다는 뜻을 전해왔다. 오랜 시간 동안 병상에서 의족에 대한 깊은 고민을 했던 나에게 의족 지원은 '개꿀' 정도로 치부할 수 있는 일이 아니었다. 나에게 지원해주는 의족은 그 회사의 마케팅비에서 나오는 것이고, 그 지출은 결국은 다른 절단장애인들이 의족을 구매한 데에서 나온다. 최소 수백만 원에서 억대까지 절단장애인들이 일어서고 걷는 최소한의 일상생활을 영위하기 위해 어쩔 수 없이 지불한 피 같은 돈이 나에게 지원되는 것이다. 그런 의족을 지원받고 내가 그저 취미로 자전거를 탄다는 것이 과연 온당한가 하는 생각이 들었고, 그에 대한 부채감이 엄청났다. 그래서 나는 스스로를 최대한 세상에 알리기로 했다.

---

*   오토복Ottobock: 독일에 본사를 둔 의지·보조기, 휠체어 등 장애보조용품 시장의 글로벌 리더 브랜드.

의족에 대한 정보가 없어서 제대로 걷지 못하는 절단장애인과 그를 지켜보는 가족들에게, 절단장애인도 이렇게 잘 걷고, 뛰고, 자전거를 탈 수 있다는 걸 보여주어야겠다. 온 세상까지는 아니더라도 우리나라에서는 누구나 좋은 의족보행을 볼 수 있도록 해야겠다. 나아가 절단환자들이 최소한의 일상생활을 누리는 데 도움이 되어야겠다. 세상에 나를 알리기 위한 방법으로, 올림픽에 나가자. 자전거 선수가 되어서 올림픽 무대에서 달려야겠다.

이 결정에는 다른 한 가지 결정도 따라왔다. 동물을 좋아하는 나는 언제나 내 삶에 반려견이 함께했으면 했다. 시간 잡아먹는 괴물인 자전거라는 취미를 갖게 되면서부터 평일엔 회사 때문에, 주말엔 자전거 때문에 집을 비우는 시간이 너무 많아 녹록치 않았지만, 사고 후부터는 영지에게 강아지를 데려오자고 많이 조른 터였다. 이제는 집에서 많은 시간 보낼 거니까, 개가 있으면 내가 산책 한 번이라도 더 할 테니까. 그러나 자전거 선수가 되겠다고 결심하는 순간 선수생활을 유지하는 동안 반려동물 기르기를 포기하는 결정도 함께했다. 내가 더 가치 있는 일을 할 수 있게 기다려줘, 강아지야.

다시 자전거를
타던 날

사고 후 처음 자전거를 탄 것은 자전거 선수가 되기로 사인을 하고도 한 달이나 지난 후였다. 입원 중에 중고 자전거를 사서 SNS에 올렸던 글을 보고 해당 자전거 브랜드인 BMC KOREA*의 대표님이 연락을 주셔서 스폰서십 계약을 맺었다. 자전거도 몸에 맞는 사이즈가 있고 부상 없이 최적의 성능을 내기 위해서는 밀리미터 단위로 맞추는 작업이 필요했기에, 자전거가 준비되는 시간을 기다려 퇴원후 두 달이 지나서야 처음으로 자전거를 타게 되었다.

---

*   BMC는 스위스 프리미엄 자전거 전문 브랜드로, 회사명은 몹시도 직관적이게 Bike Manufacturing Company(자전거 제조 회사)를 줄인 것이다.

자전거 복장을 입고, 의족에 클릿슈즈*도 신겼다. 의족
발 사이즈와 내 발 사이즈가 맞지 않아 슈즈가 헐떡였고,
클릿슈즈를 신은 채 의족을 끼고 걷는 것은 꽁장히 어려웠
다. 클릿슈즈는 앞꿈치가 들려 있는데 의족 발목은 그에 맞
추어 발목이 구부러지질 않기 때문이다. 힘겹게 뒤뚱거리
며 피팅룸으로 이동했다.

"자, 한번 타보시죠!"

피팅룸에는 페달을 굴리는 자세를 쉽게 확인할 수 있도
록 자전거가 고정식 트레이너에 물린 채로 세워져 있었다.
자전거로 뒤뚱뒤뚱 다가갔다. 지난 13년 동안 질리게도 타
온 자전거다. 다리 하나 잃었기로서니 자전거 하나 못 타
랴. 떨리는 마음을 안고 자전거 안장에 올랐다. 왼발 클릿
을 결착하려는데, 감각이 없는 가짜 발, 그것도 가짜 무릎
에 연결되어 저 멀리 달려 있는 가짜 발에 페달을 끼우는
것은 도무지 감이 잡히지 않았다. 클릿에 페달이 걸리는 느
낌도, 페달이 발에 닿는 느낌도 없을뿐더러 클릿이 걸린다

---

* 클릿슈즈Cleat Shoes: 자전거를 탈 때 효율적인 힘 전달을 위해 페달과 신발
   을 고정하는 클릿이라고 하는 부품이 달려 있는 자전거 전용의 신발이다.

한들 힘주어 페달을 밟을 발목과 종아리가 없었다. 양손으로 페달과 슈즈를 더듬더듬 만져가며 정위치에 놓고 겨우겨우 왼발 페달 결착에 성공했다. 고정되어 흔들리지 않는 자전거에 오르는 데도 이런데 허허, 밖에서 자유롭게 움직이는 자전거에는 어떻게 타지…….

"아…… 타고 내리시는 게 보통 일이 아니네요."

나를 지켜보던 직원분이 말했다. 자전거에서 내리는 것도 문제였다. 페달과 고정되어 있는 클릿은 발목을 옆으로 비틀면 '딸깍' 하면서 빠지게 되어 있다. 문제는 의족에는 발목을 옆으로 비트는 구조 자체가 없다는 것이다. 무릎을 손으로 잡고 다리를 좌우로 밀고 당겨 간신히 클릿을 뺐다.

클릿을 끼우고 빼는 연습을 몇 번 반복하고 페달을 굴리자 또 새로운 문제가 드러났다. 보행을 위해 설계된 이 의족은 무릎이 90도 이상 구부러지지 않았다. 당연하다. 걸을 때 무릎을 그렇게 많이 구부릴 일이 없으니까. 그런데 자전거 페달을 돌릴 때는 그보다 조금 더 많이 구부러져야 한다. 그래서 페달을 돌릴 때마다 무릎관절 부품이 허벅지를 쿵쿵 때리는 현상이 계속되었다. 어떻게든 닿지 않게 해보려고 클릿의 위치를 조정해보기도 하고, 온갖 사이즈의 자전거 크랭크를 바꿔 끼워가며 테스트했지만 해결 불가.

결국은 무릎이 더 구부려지는 자전거용 의족을 맞추어야 페달을 돌릴 수 있다는 결론에 다다랐고, 의족을 맞춘 후에 다시 방문해서 피팅을 하고 출고하는 것으로 마무리 지었다. 의족과 함께 가는 새로운 길은 모든 걸음에 예상치 못한 난관이 가득했다. 한 번에 쉽게 되는 일이 아무것도 없었다.

한 달 정도의 시간이 지나고, 오토복에서 자전거 전용 의족*을 제작해주었다. 자전거를 타는 데 이제 '발'은 필요가 없었다. 페달에 힘을 실어줄 발목과 종아리 근육이 있는 것도 아니고, 발의 무게와 슈즈의 무게 때문에 이중으로 무거워지기 때문이다. 게다가 의족 발이 작아 슈즈가 헐떡여서 생기는 심한 유격도 문제였다. 때문에 자전거용 의족을 만들면서 발과 슈즈를 모두 경량화(?)해버리고 발목 끝 부분에 바로 클릿을 달아버리면 무게와 구동 각도, 유격 등 많은 문제를 손쉽게 해결할 수 있었다.

다시 BMC 매장에 방문해 자전거 전용 의족을 신고 피팅을 받았다. 그래도 사람 다리를 꽤 흉내 낸 의족을 신다

---

* 사실 자전거 전용 의족이라는 것은 없기 때문에 달리기용 무릎 제품을 이용해 창의적으로 만들어야 했다.

가 이젠 막대기뿐인 자전거 전용 의족을 신으니, 자전거 타는 로봇이라도 되어버린 기분이었다. 여러 부위가 조절 가능한 자전거 전용 의족을 가지고도 자전거를 피팅하는 것은 굉장히 어렵고 오랜 시간이 걸렸다. 의족 전문가는 자전거에 문외한, 자전거 전문가는 의족에 문외한, 둘 다 잘 알아야 할 나조차도 이것이 내 몸이면서도 내 몸이 아니라서 익숙하지 않았다.

처음에는 자전거 의족을 목발처럼 땅에 딛고 걸을 수 있도록 양 다리의 길이를 같게 세팅했지만 자전거를 탈 때 굉장히 불편했다. 몇 시간에 걸친 조정 작업 끝에 다다른 최선은, 걷는 것은 단 한 걸음도 불가능한, 완전 자전거 전용 의족으로 해야 한다는 것이다.

그동안 자전거 타는 데 끝없는 답답함과 막막함을 느꼈던 나로서는 한줄기 빛을 찾은 느낌이었고 자전거 의족으로 걸을 수 있느냐, 한 걸음도 못 걷느냐는 더 이상 고려대상이 아니었다. 한 걸음도 못 걸을지언정 자전거 타기만 수월하다면 보행은 얼마든지 희생할 수 있다. 이제는 취미로 타는 자전거가 아니니까 달리다 중간에 멈추어서 편의점이나 카페에 가야 할 일은 없다. 대회 스타트라인에서 클릿을 고정하고 출발해서 레이스가 끝나면 벽을 잡고 내리면 된다. 이렇게 내 꿈을 위한 퍼즐 한 조각을 또 찾았다.

뭐라고요,
벨기에요?

간신히 자전거를 맞추고 집에 가져온 지 얼마 되지 않아 장애인 사이클 국가대표 감독님으로부터 전화가 왔다.

"찬종 씨, 패럴림픽을 목표로 하는 거면 UCI* 대회를 나가야 되는데…… 5월 4일에서 7일 일정으로 벨기에에서 대회가 있는데 갈 수 있겠어요?"

그렇게 나의 장애인 사이클 선수 데뷔 무대는 무려 'UCI

---

* UCI: 프랑스어로 Union Cycliste Internationale이고 국제 자전거 연맹을 뜻한다.

패러사이클링 월드컵'이 되었다. 세상에, UCI 국제대회를 나가는 동호인이 되다니. 이건 마치 조기축구회에서 공을 차다가 갑자기 FIFA 월드컵에 나가는 격이다.

그렇게 나는 아직 야외에서 자전거도 못 타본 주제에 전라북도 장애인사이클연맹 소속 선수가 됨과 동시에 해외출전 신청서를 쓰고 UCI 선수 라이센스를 신청하는 요란한 신인이 되었다. 국가대표가 아니라서 벨기에 출전경비는 자비로 충당해야 했다. 하지만 감독님 말씀대로 목표가 패럴림픽이라면 국가대표가 되어서 경비지원이 되기만을 기다릴 수는 없었다. 국가대표 선발은 11월 전국체전 이후인데 그때부터 시작해서는 2024 파리올림픽 출전이 불가능해지기 때문이다. 그래, 지금 나에게 중요한 건 기회지, 돈이나 시간이 아니니까.

벨기에행 항공권을 찾아보니 직항이 없었다. 무조건 경유를 해야 할뿐더러 수도 브뤼셀에서 경기가 열리는 오스텐드Oostende까지는 차로 1시간 20분, 혹은 기차로 1시간 50분이 걸리는 거리였다. 개인 도로레이스와 개인 독주, 두 개의 경기가 있어 자전거 두 대를 가져가야 하는데, 자전거를 항공기로 운송하려면 개당 120만 원 정도 하는 항공용 자전거 캐리어 두 개가 필요하고 게다가 위탁 수하물 비용으로 캐리어 개당 편도 100달러를 내야 했다. 캐리어 두 개를 가지고 왕복하는 데 400달러, 캐리어 값과 수하물 요금을 합하면 자전거를 가져가는 데에만 약 300만 원의 비용이 들었다. 자전거만 보낼 순 없으니 나의 항공권 150만 원에 일주일치 체류 비용까지 더하니 아찔했다. 지금 중요한 건 기회지, 돈과 시간이 아니라고 하긴 했지만 그렇다고 돈을 이렇게까지 탈탈 털릴 거라곤 생각지 않았는데…….

혹시 같이 출전하는 팀이 있으면 좀 도움을 얻을 수 있지 않을까 싶어 감독님께 여쭈어봤는데, 국가대표팀도 가긴 하는데 나는 대회가 열리기 전에 국제 스포츠 등급을 미리 받아야 해서 혼자 출국해야 된다고 했다. 등급판정이 대회 1~3일 전에 열리기 때문이었다. 정황상 국가대표팀도 딱히 나를 도와줄 수 있는 상황은 아닌 것 같은 느낌이었다. 감독님은 수하물 비용이 부담되니까 TT바이크(독주용)는 놔두고 로드바이크 한 대만 가져가서 도로레이스만 하던지 로드바이크로 독주경기까지 뛰는 건 어떠냐고 하셨다. 아무리 그래도 벨기에까지 가는 건데 한 경기만 뛰는 것도 그렇고, 독주대회를 로드바이크로 뛰면 분단위로 기록차가 날 텐데…….

거대한 캐리어 두 개에 내 짐까지 가지고 비행기 두 번에 기차까지 타는 여정을, 다리도 성치 않은 몸으로 한다는 것은 정말 말도 안 되는 일이었다. 심지어 벨기에는 영어도 안 쓰고 네덜란드, 프랑스, 독일어를 쓴단다. Verdomme^{페르}도머! Merde^{메흐다}! Verdammt^{페르담트}!*

영지는 내가 유럽에서 캐리어 세 개를 끌고 의족을 신고 있으면 도둑이 와서 주머니에 있는 지갑이랑 핸드폰까지 다 꺼내갈 거라고 했다. 소매치기 맛집으로 소문날 거라고. 고민 끝에 알고 있는 사람 중 벨기에에 가장 가까이 있는 사람에게 연락을 했다. 벨기에에서 차로 다섯 시간** 거리인, 영국에 살고 있는 티미. 한국인만큼 정이 많은 티미는, 사고로 크게 다쳤던 친구가 패러사이클링 월드컵에 나간다는 말에 흔쾌히 벨기에 브뤼셀 국제공항에서 오스텐드까지 이동하는 걸 도와주겠다고 했다. 언어천재인 티미는 영어와 한국어 이외에도 독일어와 프랑스어도 할 줄 안다며 걱정 말라고 했다.

이제 첫발을 디뎠을 뿐이지만, 지원이 열악한 장애인 스포츠에선 이런 일이 왕왕 있을 것 같았다. 바짝 말라 갈라진 땅에서도 싹을 틔우고 일어나는 놈이 있다는 걸 보여준 후에야 이 땅에도 물을 보내줄 것 같다는 생각이 스쳤다.

---

*   '젠장!'이란 뜻의 네덜란드어, 프랑스어, 독일어.
**   영국 도버와 프랑스 칼레를 잇는 유로스타 해저터널을 이동하는 시간을 포함한다.

첫 합숙훈련에서
바닥을 치다

UCI 월드컵 출전을 약 3주 앞두고, 2주간의 합숙훈련 일정이 잡혔다. 퇴원은 했지만 매일 재활치료를 받고 있고 자전거를 맞춘 지도 며칠 되지 않은 상태라 훈련 입소 날까지 준비를 하는 것이 쉽지 않았다. 얼렁뚱땅 우당탕탕 준비를 마치고 훈련지인 전남 익산으로 향했다. 합숙훈련이라고 해서 공무원 연수원이나 축구센터처럼 지자체 관하에 있는 생활시설로 입소하게 될 줄 알았는데, 도착한 곳은 전북 익산의 한 모텔이었다. 처음에는 다소 의아했지만 매일 훈련 나간 사이에 방이 정리되어 있어 좋았다.

사이클은 종목 특성상 공공도로에서 훈련하는 일이 많기 때문에 선수들의 안전을 지키기 위해 스태프가 이동차로 호송을 해주어야 한다. 신인 훈련을 담당한 감독님은 선수 간 실력 차이가 많이 나면 대열이 찢어져 각각의 선수를 보호하기 어려우니, 실력이 비슷한 선수끼리 두 명씩 한 조로 훈련을 한다고 했다. 나와 S선수는 2023년 신인 합숙훈련 첫 번째 조가 되었다.

S선수와 나는 국가대표가 아니면서 5월에 UCI 벨기에 월드컵에 출전하는 2인으로, 월드컵 대회 일정상 다른 신인 선수들보다 먼저 훈련을 시작했다. 월드컵에 출전하지 않는 다른 선수들은 우리 훈련이 끝난 다음에 합숙을 한다고 했다. 나중에 알게 된 사실이지만 '신인합숙훈련'은 올해 데뷔한 신인 선수만 들어오는 것이 아니라, 국가대표가 아닌 선수라면 모두 들어오는 훈련이었다. 스물여섯 살의 S는 서울특별시장애인사이클연맹 소속으로 이미 지난 3년간 선수생활을 한 친구였다. 작년 벨기에 대회도 다녀왔던 경력자인 그는 한눈에 보기에도 상당한 근육질의 다리를 지니고 있었다.

이미 선수생활을 하던 이와 사고로 장애를 얻은 지 7개월밖에 안 된 내가 함께 훈련할 수 있을까 하는 의구심이 들었지만 어쨌든 13년간의 동호인 사이클리스트 짬밥을 인정해주신 걸 영광으로 알고 훈련에 따르기로 했다. 그리고 대망의 첫 훈련 날 아침, 이동차 조수석에 올라탄 나는 감독님께 물었다.

"감독님, 오늘 라이딩은 어디로 가나요?"
"하하핫, 라이딩이라고 하니까 꼭 놀러가는 것 같네요. 오늘 훈련은 ○○으로 갑니다."

너무 동호인다운 질문이었을까, 감독님이 라이딩이라는 단어를 재미있어하셨다. 곧 이동차에 자전거를 싣고 차량 통행이 드문 교외의 한적한 공도로 향했다. 합숙훈련에 들어오기 전, 고정 트레이너에서 자전거를 몇 번 탄 적은 있지만 실제로 도로에서 타는 것은 오늘이 처음이었다. 한 걸음도 걸을 수 없는 자전거용 의족으로 갈아 신고 일어서 자전거 안장 위에 앉았다. 내 불안한 모습을 보고 감독님이 자전거를 잡아주셨다. 트레이너 위에서 연습한 것처럼 오른발 클릿을 먼저 체결하고 이어서 어렵지 않게 왼발 클릿을 끼우는 데 성공했다. S가 먼저 출발한 뒤 감독님이 달리면서 내 자전거를 밀어 출발시켜 주셨다.

힘차게 출발해서 첫 번째 페달을 밟자마자 나는 그대로 도로에 꼬꾸라질 뻔했다. 자전거가 고정되어 있는 고정 트레이너에서는 문제가 없었는데 실제 도로 위에서는 양 다리의 밸런스가 전혀 맞질 않아서 오른발을 밟을 때마다 자전거가 미친 듯이 좌우로 휘청거렸다. 첫날 주행에서 기록된 좌우 밸런스*는 12대 88이었다.

처음 1킬로미터 정도는 끊임없이 좌우로 요동치는 자전거를 잘 달래면서 조금씩 적응해나갔다. 지금까지 타왔던 자전거와는 전혀 다른 느낌에 주행 자체가 쉽지 않았지만 그래도 천천히 앞으로 나아갔다. 주행에 어느 정도 익숙해지니 앞에서 달리고 있는 S가 눈에 들어왔다. 코치님이 둘이서 페이스를 맞추며 타라고 해서, 나를 버리지 않고 천천히 달리고 있었다. S는 꽤 여유 있어 보였다. 힐끔힐끔 내 상태를 살피며 속도를 유지했고 오르막 구간에서는 강하게 페달을 밟아 먼저 올라간 후 뒤쳐진 나를 기다렸다. S가 나 때문에 훈련량이 너무 적지 않은지 걱정되었다. 정신을 쏙 빼놓을 만큼 휘청이던 자전거도 곧 안정을 찾았고, 타이어가 노면을 읽으면서 전해지는 진동, 귓가를 스치는 바람소리에 몇 개월간 잠들어 있던 감각이 하나씩 살아나는 느낌이었다.

40킬로미터, 1시간 반 정도 주행이 이어지자 화상으로 거동이 불편한 왼쪽 어깨 주변의 근육들이 비명을 질렀다.

---

* 페달을 밟는 힘을 표시하고 기록해주는 '파워 미터'를 통해 이러한 데이터를 얻을 수 있다.

어깨의 모든 근육들이 존재감을 알리며 아우성을 치는 것 같았다. 핸들바를 잡고 있는 팔이 덜덜 떨리고 왼손이 저려 왔다. 그렇게 온몸이 부서진 느낌으로 첫 훈련을 마쳤다.

합숙훈련의 첫 주는 매일 같은 일정이었다. 같은 시간에 일어나 같은 코스를 주행하고, 역시나 1시간 반 정도 주행을 하고 나면 어깨가 비명을 질렀다. 오후에 숙소에 돌아오면 뜨거운 욕조에 몸을 담그고 나와 낮잠을 자면서 피로를 풀었다.

이어지는 주에는 코스가 새만금 방조제로 바뀌었다. 방조제는 해발고도 1미터, 편도 20킬로미터 거리의 바닷바람이 끝없이 부는 순수한 '평지 지옥'이었다. 지옥이라고 하는 이유는 강풍이 쉴 새 없이 체력을 갉아먹는 이유도 있었지만 코스의 희망고문이 심했기 때문이다. 맑은 날씨에 방조제 위를 달리다 보면 저 멀리 현수교 주탑이 세워져 있는 반환점이 보이는데, 직선 편도 20킬로미터인 이 방파제 위에서는 달리고 또 달려도 눈에 보이는 반환점이 결코 가까워지지 않았다. 분당에서부터 롯데타워를 보면서 달리는 느낌이라고나 할까…….

편도 20킬로미터 코스를 두 번 왕복해서 총 80킬로미터를 타기로 했는데, 어깨통증이 착실하게 40킬로미터 지점부터 나를 괴롭히기 시작하는데다가 안장통이 너무 심해서 멘탈이 무너졌다. 마지막에는 너무 아파서 눈물이 그렁그렁 고였다. 결국 50킬로미터 지점에서 포기할 수밖에 없었다. 손을 들고 이동차에 계신 감독님을 불러 차에 올라탔다.

새로 받은 자전거에 장착되어 있던 안장이 나와 잘 맞지 않았다. 나중에 숙소에 들어와서 보니 회음부가 까맣게 멍이 들었고, 손가락만 한 멍울이 만져졌다. 자전거 안장은 사람마다 취향과 궁합이 달라서 프로 선수들의 경우에도 자신이 특별히 선호하는 안장이 있다면 자전거 스폰서가 바뀌더라도 사용하던 안장은 떼서 옮겨 다는 것이 일반적이다. 안장통에 호되게 당한 나는 결혼을 앞두고 고자가 되어버리기 전에 무언가 조치를 취해야 할 것만 같아서, 숙소에 돌아오자마자 사고를 당하기 전에 잘 사용하고 있던 제품을 바로 주문했다. 아무리 사이클링의 세 가지 요소가 고통, 고통, 고통이라고 해도 이건 아닌 것 같아.

함께 훈련하는 S는 내가 차에 탄 후에도 포기하지 않고 80킬로미터를 완주했다. 이동차에서 다른 사람이 타는 것을 가만히 지켜보면서 내가 바닥을 치고 다시 시작하고 있다는 것을 절감했다.

시간이 지나면서 S와도 점점 친해졌다. S는 쿨한 직업 선수(?)였다. 동호인들은 장비에 목숨을 건다. 말 그대로 자전거를 좋아하는 사람들이기 때문에 자전거에 대한 정보를

파고든다. 강아지나 고양이를 키우는 사람들 핸드폰 사진첩을 보면 반려동물 사진으로 가득 차 있는 것처럼, 자전거 동호인들 핸드폰 사진첩에는 자전거 사진, 자전거 타다 찍은 사진, 자전거와 함께 찍은 사진이 가득하다. 물론 나도 그렇다. 그런데 며칠간 함께 훈련하다 보니 S는 장비에 그다지 관심이 없었다. 그는 후천적 장애를 얻은 후 재활치료로 자전거를 타다가 바로 선수가 되었기 때문에 자전거를 취미로 타본 적이 없었다. 그래서 자기 자전거의 제품명 정도만 알고 있을 뿐, 지금 쓰고 있는 타이어가 무엇이고 왜 그걸 선택했는지, 자신의 자전거 크랭크에 달린 톱니가 왜 53T인지 관심이 없고 지도자가 알려주는 대로 묵묵하게 열심히 자전거를 탈 뿐이었다. 며칠간 내 입에서 과다하게 쏟아져 나오는 자전거 이야기를 묵묵히 듣던 S는 점점 내게 훈련과 관련된 수치들에 대해 묻기 시작했다. 나는 또 신이 나서 S에게 최신의 자전거 장비와 훈련법들에 대해 떠들어댔다.

길다면 길고 짧다면 짧은, 2주간의 첫 합숙훈련은 그렇게 끝났다. 합숙 기간 동안은 다른 스케줄 없이 훈련과 휴식에만 집중할 수 있었고 훈련량도 만족스러웠다. 밖에 있을 땐 고정적으로 필라테스 수업과 병원 재활치료를 받고 있었고 수시로 언론사나 타 유튜브 채널 인터뷰, 자전거 관런 브랜드 미팅 등을 하고 있었는데 이 모든 일정이 일시정지가 되니 훈련이지만 오히려 쉬는 것 같아서 마음의 평온까지 느낄 수 있었다. 역시 난 MBTI에서 I가 맞다. 조용히 혼자 있는 게 최고야……. 집을 떠나와 있어서 영지를 못 만난다는 점을 제외하면 자전거 선수로서는 꼭 필요했던 합숙이었다. 오전 훈련 다녀와서 집안일을 할 필요 없이 바로 씻고 누워서 자도 된다는 것이 가장 좋았다.

막대기 같은 의족으로 자전거를 타는 것은 생각보다 더 어려웠다. 의족 무릎이 길어서 핸들바와 너무 가까워지는 바람에 무릎이 핸들바를 쳐서 넘어질 뻔한 것이 한두 번이 아니었다. 그래도 주행 자체는 합숙 초기보다 훨씬 나아졌다. 자전거, 이거 다시 할 수 있겠다는 자신감. 그게 이 훈련에서 얻은 가장 중요한 성과였다.

합숙훈련이 끝날 때쯤 잊고 있던 고통이 다시 찾아왔다. 나는 훈련에 들어오기 전날까지도 계속 재활치료를 받고 있었다. 약도 다섯 종류를 복용 중이라 충분히 챙겨 왔다. 아니, 충분히 챙겨 왔다고 생각했는데 그렇지 못했다. 합숙이 끝나기 이틀 전에 PTSD로 복용 중인 우울증 치료제가 떨어지고 만 것이다. 약이 끊긴 다음 날 밤에는 심한 불면증과 악몽이 찾아왔고 아침이 되니 증세가 많이 심각해졌다. 설상가상으로 퇴소 후 광주 본가로 가기 위해 차를 몰

고 고속도로에 올랐는데, 익산에서 광주로 가는 고속도로
엔 유난히도 대형트럭이 많았다. 끝없는 대형트럭의 행렬
은 내게 다시 PTSD 증상을 불러일으키기에 충분했다. 내
눈은 수많은 트럭 바퀴에서 떠나지 못했고 사고 당시의 생
각이 계속 떠올랐다. 미치도록 답답하고 무거운 느낌, 내가
힘없는 종잇장처럼 느껴졌던 그 어마어마한 중량.

차분한 클래식 음악을 틀고 앞만 보고 가려고 해도 마음
이 초조해지면서 핸들을 잡은 두 손이 점점 차가워졌다. 심
호흡을 크게 하고, 실내를 따뜻하게 해도 별로 도움이 되지
않았다. 곧 호흡이 떨리면서 울컥울컥 눈물이 나왔다. 운전
을 멈춘다고 나아질 것 같지는 않고 빨리 약을 처방받아 먹
어야 할 것 같아서 크게 심호흡을 하면서 광주까지 왔다.
다행히 익산에서 광주까지 그렇게 멀지 않아서, 광주에 도
착하자마자 신경정신과를 찾아 약을 처방받아 먹었다. 집
에 도착해서 어머니께 상태를 설명하고 방에 들어가서 잠
을 청했다. 약을 먹고 두 시간쯤 자고 일어나니 마음이 진
정되었다. 두 번 다시는 경험하고 싶지 않은 롤러코스터 같
은 감정의 소용돌이였다.*

---

* 이는 나중에 알고 보니 공황발작 증상이었다.

꼴찌 해도 괜찮지만
꼴찌만은 하지 말자

UCI 패러사이클링 월드컵 출전을 위해 벨기에로 떠나던 날이다. 두 번째 삶의 첫 번째 해외여행을 떠나는 날 아침, 공항에 들어서서 천장을 올려다보니 통유리로 쏟아져 들어오는 맑은 햇빛이 기분을 살짝 들뜨게 만들었다. 한숨을 크게 한 번 내쉬며 지난 몇 달을 돌이켜보았다. 누구보다도 죽음에 가까이 다가갔었는데 살아서 두 발로 일어나고, 자전거 선수가 되고, 상상도 못했던 유럽 국제대회까지 가게 되었다. 두 번째 삶에선 첫 번째 삶을 살면서 손에 쥐어본 적 없는 기회를, 아니, 그런 게 있는지도 몰랐던 완전히 새로운 기회를 쫓고 있었다. 첫 번째 삶에서와 달리 정도^{正道}도 없고 길잡이도 없지만 그래서 자유롭고 재미있었다. 게

다가 이번 삶은 아무것도 모르는 한 살부터 시작하는 것이 아니라 다 큰 어른으로 시작하다니!

다만 두 번째 삶의 첫 번째 해외여행은 난이도가 상당히 높았다. 거대한 자전거 캐리어 두 개를 포개면 세탁기 크기 정도가 될 만큼 컸고, 필요한 장비가 많아서 큰 여행용 캐리어와 기내용 가방까지 메고 가야 했다. 동행도 없었고, 다리도 하나 없었다. 여기까지만 해도 충분히 힘들었는데, 예상치 못한 변수가 있었다. 인천공항에서 이스탄불을 거쳐 벨기에 오스텐드까지 19시간 일정이었으나 뜬금없이 중국이 군사훈련을 강행하면서 비행기가 연착되어 30시간이 소요된 것이다.

대회가 열리기 전 날, UCI 공인 등급 심사관에게 스포츠 장애등급 판정을 받기 위해 대회본부로 향했다. 의료와 기술 심사관 두 명이 내 몸 상태를 살피고 질문을 했다.

"How many years of para-cycling experience do you have?"
장애인 사이클 경력이 몇 년인가요?

"A month? Nononono……, Actually, less than a month."
한 달? 아니 아니, 사실 한 달도 안 됐네요.

두 심사관은 굉장히 놀라워하며 자신들이 심사해본 선수 중에 가장 경력이 적은 사람이라고 했다. 내가 아마추어 동호인으로 10년 이상 자전거를 타다가 몇 달 전에 사고를 당했다고 하니, 빨리 돌아와서 잘되었다고, 다행이라고 했다. 나는 의족을 사용하는 조건으로 C3* 등급을 받았다. 의족을 사용하지 않고 한 발로만 페달을 밟으면 재검을 통해 C2로 변경할 수 있다고 했다.

등급심사를 마치고 선수 식당에 들어서니 한눈에 들어오는 선수가 있었다. 호주의 대렌 힉스Darren Hicks, 나와 같은 장애를 가진 그는 지난 2020 도쿄 패럴림픽 금메달리스트다. 병상에서부터 워낙 경기를 많이 찾아봐서 뒷모습만 보고도 바로 알아볼 수 있었다. 그에게 꼭 하고 싶은 말이 있었던 나는 다가가서 손을 내밀었다.

"Hello, Mr. Hicks. You inspired me when I was in the

---

*   장애인 사이클에서는 최대한 공정한 경쟁을 위해 장애등급을 C1~C5로 나누는데, 숫자가 낮을수록 심한 장애를 의미한다. 절단장애인의 경우 손의 절단은 C5, 하퇴절단은 C4, 대퇴절단은 C3, 의족을 사용하지 않고 한 발로 굴리는 경우를 C2로 분류한다. C1은 C2 이상의 추가 절단이 있거나 다른 신체 부위에 장애가 있는 경우를 포함한다. 다만 전 등급에 걸쳐 절단이 아닌 뇌병변이나 근육병 장애인도 있어, 사지가 모두 있는 경우도 운동수행력에 따라 분류한다.

hospital. You made me be here."

안녕하세요, 힉스 씨. 병원에 있을 때 당신을 보고 영감을 받았어요. 당신이 나를 여기까지 오게 만들었어요.

힉스는 웃으며 나의 악수를 받아주고 응원해주었다. 마음속 영웅과의 악수라 굉장히 감동적이고 뿌듯했다.

UCI 패러사이클링 월드컵은 패럴림픽에 출전하는 선수들이 모두 출전하는 경기다. 티켓을 따내야 출전할 수 있는 패럴림픽과는 달리 조건 없이 접수할 수 있고, 패럴림픽에 가기 위한 포인트를 받을 수 있어서 패럴림픽보다도 더 많은 선수들이 출전한다. 고작 3주간 자전거를 연습하고 국제무대에 서는 내 상황이 민망했지만, 스스로에게 부끄럽지 않도록 합숙훈련이 끝난 후 출국 전날까지도 열심히 안장 위에서 페달을 굴렸다. 오히려 잃을 것이 없어서 긴장하지 않을 수 있었다. 지금도 매일 재활치료를 받고 있는 환자인데 꼴찌 하면 뭐 어때? 도전하는 것 자체가 자랑스러워. 하지만 경기 시간이 다가오자 슬슬 진짜로 꼴찌 하는 거 아닌가 하는 조바심이 들었다. 그만큼 다른 선수들의 분위기는 진지했다.

출발 시간을 앞두고 고정 트레이너에서 몸을 풀고 경기복으로 갈아입었다. 월드컵에 출전할 때는 국가 이름으로 출전하는 것이라서 국가대표 팀복을 입어야 했다. 국가대표가 아니라서 내 돈으로 사서 입어야 한다는 설움이 있었지만, 태극문양 경기복을 입는다는 것은 분명 사기가 고무되는 일이었다. 경기복 곳곳에 새겨진 'Team KOREA'와 태극기가 묵직하게 다가왔다. 물방울처럼 생긴 독주용 헬멧을 쓰고 출발선으로 이동했다. 출발선에서는 선수들이 검차를 받고 있었다.

출발 5분 전, 내 자전거 검차 차례가 되었다. 두꺼운 UCI 규정집을 든 심사관이 심각한 표정으로 자기들끼리 프랑스어로 이야기를 하더니, 나에게 손가락으로 X표를 지어 보였다. 수영 경기에서 기록이 너무 빠르게 나오는 전신수영복이 금지된 것처럼, UCI에서는 장비의 영향을 줄이고 공정한 경쟁을 장려하기 위해 수많은 세부 금지규정을 지정해두고 있다. 내 독주용 자전거에는 브레이크가 만들어내는 공기저항을 줄이기 위한 에어로 커버가 부착되어 있었는데, 그게 규정 위반이라는 것이었다. 출발까지 단 2분 남은 상황에서, 심사관은 부품을 제거해야 출전할 수 있다고 했다.

한국 스태프들이 엄청나게 바빠졌다. 누군가 육각렌치를 빌려와서 커버를 분리하기 시작했다. 손목시계에 자꾸만 눈이 갔다. 내 앞 순번 선수가 신호를 받고 출발했고, 팀

미캐닉*이 뒷 브레이크 커버를 분리했다. 출발 심판은 내게 스타트라인으로 오라고 손짓을 했고, 기술심판은 나를 막아섰다. 나는 팀 스태프에게 물었다.

"지금 출발 못하면 어떻게 돼요?"
"안 돼요! 다음 선수 차례가 되기 전에 출발 못하면 실격이야! 30초 남았어요!"

30초… 20초… 10초. 시간은 속절없이 흘러갔고 앞바퀴 브레이크 커버 분리는 아직이었다. 스타트라인 심판은 계속해서 내게 출발선에 서라는 사인을 보냈다.

출발 신호가 떨어졌을 때 가까스로 커버를 모두 분리하는 데 성공했다. 재빨리 자전거에 올랐다. 의족을 페달에 연결시키느라 몇 초 더 시간이 지체되었다. 감독님이 나를 스타트 데크 위로 밀어 올려주었고, 부정출발 패널티를 피하기 위해 계측라인 앞에 한순간 정지했다가 바로 출발했다. 20초를 까먹고 경기가 시작되었다. 출발 즉시 시작되는 오르막에서 탄력을 잃지 않기 위해 힘껏 페달을 밟았다. 시간을 이미 20초나 까먹어서 최대한 빠르게 속도를 올렸다.

---

*   미캐닉mechanic: 자전거 튜닝과 점검, 조정 등을 담당하는 정비 전문가.

순식간에 심박이 치솟았다. 페이스 조절 같은 걸 생각할 여력이 없었다. 2분 정도를 전력질주하듯이 달렸다.

최대한 자세를 낮추어 엎드린 자세로 달리다 고개를 들었다. 가민* 전원도, 심박계도 켜져 있지 않았다. 공기저항이 커지지 않도록 최대한 수그린 상태에서 가민을 켜고 심박센서를 작동시켰다. 스타트하자마자 페이스가 너무 높은 데다, 차가운 오스텐드의 바닷바람을 너무 빠르게 들이쉰 탓에 목과 비강에서 피 냄새가 났다. 페이스를 낮추니 조금 정신이 들었다. 곧 세네 명의 선수가 엄청난 속도로 나를 지나쳐 갔다. 앞 순번으로 출발해서 한 바퀴 이상 돌아온 선수들이었다. 반환점을 돌아오는 선수들 중에 조금 느려 보이는 선수가 있어, 내가 끝날 때까지 저놈 하나는 잡는다는 목표를 세웠다. 사람들이 응원하고 있는 스타트라인을 지날 때마다 한국말이 또렷이 들렸다.

독주용 자전거 위에서의 시간은 정말 느리게 흘러간다. 모든 순간이 고통으로 가득 차 있는, 자전거 위의 '정신과 시간의 방'**이다. 그저 가민 화면만 보면서 내가 유지할 수

---

* 　가민Garmin: 자전거의 각종 데이터를 표시해주는 사이클링 컴퓨터.

** 　만화 『드래곤볼』에서 등장하는 훈련 공간. 엄청나게 넓고 아무것도 존재하지 않는 매우 가혹한 환경의 방이며 바깥 세계와는 다르게 시간이 매우 느리게 흐른다는 특징이 있다.

있는 최대한의 파워와 심박을 유지하며 매초가 흘러감에 감사했다. 특히나 역풍이 불어오는 직선 구간은 정말 길고 길었다. 마지막 1킬로미터의 테크니컬한 급커브 구간까지 집중해서 통과했고, 막판 스퍼트를 하고, 어디서 본 건 있어가지고 밀어넣기*를 하며 결승선을 통과했다. 지금 생각하면 밀어넣기는 좀 쪽팔린 것 같기도 하다.

레이스에서 너무 많은 에너지를 끌어다 써서, 자전거에서 내리지도 못하고 벽에 기댄 채로 한참을 쉬다가 쿨다운을 하고 내려왔다. 힘들어서 음식이 들어가질 않았고 식당에서도 멍하니 앉아 있다 숙소로 돌아왔다. 뜨거운 샤워를 하고 침대에 누워 오늘을 되돌아보았다. 경기결과는 C3 그룹 33명 중에 27등이었다. 간신히 탈脫 꼴찌에 성공했고, 생각보다 뒤에 몇 명이 더 있어서 뿌듯했다. 이틀 후 열린 개인도로 레이스에서는 34명 중에 26등을 했다. 한 명씩 출발하는 독주경기와 달리 집단으로 달리는 도로경기는 다른 선수들과 어깨를 부딪히며 함께 호흡할 수 있어서 더 생생한 느낌을 주었다. 나의 영웅인 힉스 선수가 그룹을 리드하며 경기를 펼쳐나가는 모습을 두 눈으로 똑똑히 볼 수 있었

---

* 쇼트트랙 선수들이 결승선을 지나는 순간 발끝을 내미는 것처럼, 자전거 선수들은 자전거를 쑥 밀어 넣는다.

다. 나보다 뒤에 출발한 C1 그룹의 선두가 나를 추월할 때는 경외심마저 들었다. 두 팔과 한쪽 다리가 없는 스페인의 리카도 텐Ricardo Ten 선수는 감히 범접할 수 없는 아우라를 펼치며 나를 추월해 지나갔다.

병원에 있다가 고작 3주 훈련하고 이곳에 온 내가 나보다 훨씬 오랜 시간 동안 땀 흘렸을 선수들 사이에서 무엇인가를 해보려고 한다는 것 자체가 오만이다. 다시 경쟁적으로 달릴 수 있어서 순수하게 재미있었고, 살아 있음을 강렬하게 느꼈다. 그리고 이토록 일찍, 나를 여기로 오게 한 영웅들과 함께 달릴 수 있어서 영광이었다.

광고 모델이
되다

이 일의 시작은 바로 내가 퇴원하던 그날이다. 1월 17일, 국산 스포츠용품 브랜드인 프로스펙스PRO-SPECS의 광고대행사로부터 브랜드 캠페인의 한 장면을 맡아달라는 연락을 받았다. 나로서는 갑작스러운 제안이었고 나 같은 일반인이 광고 모델을 할 수 있나 싶기도 했다. 지금까지 자전거 유튜버로 활동하면서 자전거 브랜드 광고 영상 제작을 몇 번 진행해봤는데, 광고라는 콘텐츠는 다른 어떤 콘텐츠보다 가장 주의해서 공들여 만들어야 하는 것이었다. 단순히 돈을 받았기 때문에 공들여야 하는 것이 아니라, 기본적으로 사람들이 광고를 보고 싶어 하지 않기 때문이다. 오죽하면 광고를 보면 돈을 주겠는가. 대중으로 하여금 광고인 걸

알면서도 영상을 보게 만드는 것은 정말이지 쉽지 않은 일이다. 게다가 사고를 겪고 장애를 얻은 지 얼마 되지 않은 시점에 상업광고의 모델로 나선다는 것이 결정을 어렵게 만들었다.

일단은 어떤 내용인지 들어보기로 하고 사전 미팅을 통해 광고가 전하려고 하는 메시지와 진행 방향에 대해 들었다. 꽤 멋진 메시지를 담은 광고였고, 나오는 사람도 그만큼 멋있어야 했다. 참고할 만한 지난 광고 영상을 보니 젊고 느낌 있는 모델들이 세상 힙하게 터널을, 골목을, 새벽 길을 달리는 모습이 담겨 있었다. 와, 멋있다. 광고로 전하려는 메시지는 분명했다. 끈기와 도전, 내가 지금 추구해야 할 가치들이었다.

내가 하려는 도전과 광고 카피가 잘 맞는 것 같아 일단은 마음이 놓였다. 게다가 운동화가 주력 제품인 브랜드에서 다리 하나 없는 사람에게 브랜드 캠페인 영상을 맡겨준다는 것 자체도 하나의 파격적인 시도로 여겨졌고, 두족류*를 닮은 얼굴은 프로들이 알아서 해주겠지 하는 마음에 이 프로젝트에 올라타보기로 했다. 그동안 내가 얼굴을 숨기고

---

* 연체동물의 한 분류. 머리에 다리가 붙은 것으로 오징어, 문어, 낙지 등을 포함한다.

활동한 것도 아니고, 이 얼굴을 보고도 모델로 불렀으면 지들이(?) 알아서 해야지.

콘티를 받아 보니 가장 눈에 띄었던 것은, 실내 자전거를 타는 내 오른다리를 비추던 카메라가 오른쪽에서 왼쪽으로 이동하며 의족다리를 보여주는 장면. 대충 머릿속으로만 떠올려봐도 너무 멋진 그림이 나올 것 같아 기대가 되었다. 광고 촬영에 대비해서 가열차게 나를 채찍질하며 다이어트를 시작했다.

퇴원 당시 나의 체중은 89킬로그램이었다. 간신히 몇 분간 보행을 하는 수준의 몸 상태로, 운동이라 할 만한 것을 할 수 없었지만 철저한 식이요법으로 한 달 만에 체중을 83킬로그램으로 만들었다. 중간에 광주에 가서 부모님과 거나하게 먹어버린 탓에 조금 휘청이기는 했지만 최선을 다해 6킬로그램을 감량했다. 다리가 없어 유산소 운동을 하지 못하는 절단환자가 식이요법만으로 이만큼 해냈으면 최선을 다한 것이다.

퇴원할 당시에는 오토복의 의족을 사용하고 있지 않았다. 오토복에서 내 의족이 미처 제작되기 전에 광고 촬영에 들어가게 되었고, 광고촬영 소식을 접한 오토복에서는 우리 홍보대사가 오랑캐의 다리를 하고 광고를 찍어선 안 된다며 인공지능 전자식 의족을 빌려주었다. 나는 그동안 주위 친구들에게 "법적으로 의족은 신체 일부로 보는데, 난 이제 신체 5퍼센트가 메이드 인 잉글랜드이니 5퍼센트는 영국인이야"라고 암살 개그를 날렸었는데 이제 의족이 독일제로 바뀌면서 5퍼센트 독일인이 되었다.

광고 현장은 의정부시의 한적한 주택단지에 있는 단독주택이었다. 평생 이런 집에 살 수 있을까 싶을 만큼 멋진 곳이었다. 약속 시간인 저녁 6시에 현장에 도착했을 땐 네다섯 명 정도 되는 사람들이 현장 정돈을 하고 있었고 조금 있으니 서너 명 정도가 더 들어왔다. 그중 한 분이 오늘 연출을 맡은 사람이라며 인사를 건네고 촬영에 대해 설명을 했다. 아, 이런 분위기구나. 긴장되니까 빨리 끝났으면 좋겠다. 연출자님이 저녁 식사가 곧 배달될 것이니 저녁을 먹고 촬영을 시작하자고 해서 내심 반가웠다. 다이어트 때문에 온종일 쫄쫄 굶어서 밤까지 버틸 자신이 없었기 때문이다. 그런데 저녁으로 토스트와 콜라 40세트가 왔다. 으잉……?

도대체 왜 이렇게 많은 토스트가 왔나 놀라기가 무섭게 대형 탑차가 촬영장 앞에 멈추어 섰고, 사람들이 끝도 없이 들어왔다. 밀려들어 온 인원을 헤아리니 40명 정도였다. 그제서야 알았다. 40명의 스태프가 나만 보는 촬영이구나아아아아악!

유튜브 광고라서 이렇게 큰 규모라고 생각하지 못했는

데 판이 컸다. 마지막 토스트 조각을 입에 넣자마자 분장실로 불려가서 메이크업을 받았다. 영지 이외에 누군가가 얼굴에 손을 대본 적이 없는데 분장실에 들어가자마자 갑자기 처음 보는 여자 메이크업 담당자분이 얼굴을 화장솜으로 닦아내고 뭔가를 토도도도독 발랐다.

"그, 저기……. 저는 그냥 가만히 있으면 되나요?"

그분은 '뭐 이런 초짜가 있어'라고 하듯 "네, 가만히 계시면 돼요" 하고는 현란한 손놀림으로 얼굴을 두드려댔다. 20분 정도 정신없이 헤어와 메이크업을 받고 나오니 촬영 준비가 한창이었다. 한 장면을 찍기 위해 연출자분이 아주 완벽한 구도와 밝기와 색감을 세팅할 때까지 30분 이상의 시간이 걸렸다.

"저기 화분 시계방향으로 1시간만 돌려봐."
"거기 물병 앞으로 5센티미터만 당겨봐."
"거기 조명은 반시계로 3시간만 돌려봐."
"색온도 5600K로 맞춰봐."
"블루 색감 좀 더해줘."
"물병은 아까 위치가 나은 것 같다."

"물병 앞에 수건 하나만 놔봐."

영원히 끝나지 않을 것 같은 조정, 와 이게 연출이구
나……? 이 프로들은 나 같은 아마추어가 촬영을 망치게
두지 않았다. 내가 무언가 즉흥적으로 하는 것은 하나도 없
었고, 대역 스태프가 미리 동작과 동선까지 확인한 후 내가
들어가 정확한 디렉션에 따르기만 하면 되었다.

"찬종 님, '액션' 하면 미리 묶어놨던 오른쪽 신발 끈을
꽉 조이고, 바로 왼쪽 신발로 이동해서 신발 끈을 묶으세
요."
"'액션' 하면 일어나서 지퍼를 가슴까지 올리고, 왼쪽으
로 걸어가서 앵글에서 빠지세요."

이런 식으로 상세한 디렉션을 주면서 내가 실수할 만한
일은 애초에 만들어주질 않았다. 1분짜리 영상을 만들기
위해 무려 8시간 동안 촬영이 이어졌다. 1분을 위해 40명이
8시간 동안 나에게 집중했다. 흡사 연예인처럼 '컷' 소리와
함께 메이크업, 헤어 담당자분들이 들어와 토도도독 화장
을 고쳐주고 머리를 다듬어주었다. 의상 담당자분은 내 옷
이 이상하게 구겨지진 않는지, 신발끈 매듭이 못나게 묶여

지진 않았는지 살폈다. 촬영 중 잠시 쉬는 시간에 의상 담당자분이 신발끈을 묶어주고는 말했다.

"모델님, 신발 잘 맞으세요?"

이때다 싶었다.

"아, 제 발이 아니어서 맞는지 잘 모르겠어요."

의상 담당자는 고개를 푹 떨구고 그대로 퇴장하셨다. 현장에 와 있었던 광고주님도 내가 의족다리로 페달을 굴리는 장면에 감탄하셨고 촬영팀이 나의 자신감을 북돋기 위해 칭찬을 많이 해주셔서 굉장히 유니크한 특징을 가진 모델이 된 것 같은 느낌도 들었다. 조금 더 건강한 몸매와 잘생긴 얼굴을 갖고 있지 못해 죄송스러운 마음도 동시였다.

촬영은 새벽 2시에 끝났고, 마지막 장면 촬영이 끝나자 모두가 "고생하셨습니다!"를 외치며 서로를 다독였다. 긴 촬영이 끝날 때까지 연출자와 카메라 감독뿐만 아니라 모든 스태프가 최고의 장면을 카메라에 담기 위해 엄청난 집중력을 보이는 모습에서 직업에 대한 열정이 느껴졌다. 유튜브 영상만 쉽게 만들던 나로서는 무언가 예술작품의 한

순간을 같이한 느낌, 배우지 않고 흑백 만화만 그리다가 정통 유화를 그리는 과정에 들어간 느낌이랄까. 새삼 이 사람들이 대단하게 보였다. 마지막 순간까지 놀라웠던 것은, 촬영장에서 눈에 보이는 모든 것들이 미술팀에서 싸들고 와서 깔아놓은 것이었다는 것. 심지어 소파와 거실 탁자까지도 미술팀에서 들고 와서 배치해놓은 것이었다. 세상에······.

후에 병원에서 치료사 선생님과 이 이야기를 하다가 치료사 선생님이 물었다.

"광고 촬영이 정말 보통 일이 아니네요, 연예인 아무나 하는 거 아닌가 봐요. 촬영 8시간 또 하라고 하면 하시겠어요?"

"아, 그게 또··· 입금이 되면······ 해야죠! 저는 자본주의가 낳은 괴물이니까요!"

5장

여전히 내가 사랑하는
삶이 남아 있다

역시 사는 건 최고야,
짜릿해!

퇴원을 앞두고 있던 어느 날, 문득 잊고 있던 중요한 일이 생각났다. 결코 잊어버려서는 안 되는 것, 바로 내가 결혼을 준비하고 있다는 것이다. 사고를 당하기 한 달 전, 우리는 웨딩홀을 예약했다. 2022년의 웨딩 시장은 코로나19 유행이 끝나가던 시점이라 몰려드는 결혼 수요로 인해 예약이 빼곡하게 차 있었고, 우리는 여유를 가지고 이듬해 5월에 결혼식을 올리기로 했다. 하지만 사고 이후로 우리의 결혼준비는 전면 중단되었다.

11월에 예약해두었던 웨딩사진 촬영도 당연히 불가능했다. 다행히 업체에서 우리 사정을 듣고는 어떤 불이익도 없이 촬영을 3월로 미루어주었다. 퇴원을 앞두고 보니 결혼식 날짜만 다가오고 준비되어 있는 것은 하나도 없었다. 가장 먼저 시작된 고민은 결혼반지였다. 결혼반지는 영지 마음에 꼭 드는 걸로 해주고 싶었으나 그게 쉽지 않다는 사실을 알기까지는 오랜 시간이 걸리지 않았다. 영지는 오히려 반지에 별 관심이 없었으나 내 버킷 리스트 중 하나가 영지 마음에 꼭 드는 결혼반지 맞추기여서 나 혼자 예쁜 반지를 찾느라 며칠 밤을 지새웠다. 병실에서 시간이 많았던 만큼 온라인으로 찾을 수 있는 반지는 다 들여다보았다.

퇴원 후 결혼반지를 보러 압구정의 한 백화점을 찾았다. 우리 둘 다 한 번도 가본 적 없었던 명품관이었다. 저마다 영롱한 빛을 내고 있는 반지를 보면서, 영지는 가격이 부담스러워서인지 선뜻 손이 움직이지 않고 머뭇거렸다. 나는 예쁜지 안 예쁜지만 보라고 설득하며 이 반지, 저 반지를 영지 손에 끼워주었다. 사고 전 내 성격이었다면 결혼반지의 의미를 찾기보다는 신혼여행 비용 따위의 현실적 문제를 고민하느라 그만한 가격의 반지를 선뜻 고르지 못했을 것이다. 하지만 사람이 죽음의 문턱에 다녀오면 가치관이 달라진다. 결혼을 앞두고 영지와 함께 큰 사고와 회복 과정을 걸어온 나는 매번 현실적이고 경제적인 문제를 고민하는 것보다는 때때로 행복을 쫓는 결정을 내리는 것이 인생을 더 가치 있고 풍부하게 만들어준다는 것을 깨달았다. 그렇게 우리는 매일 끼고 다닐 수 있고 볼 때마다 결혼준비를 할 때의 설렘이 생각나는, 마음에 꼭 드는 반지를 나누어 가졌다.

중단된 결혼준비의 두 번째 관문은 신혼여행 계획 짜기였다. MBTI 중에 J인 나는 완벽한 플랜을 짜야 움직이는 사람이고 P인 영지는 당장 아무 데로나 떠나도 좋은 사람이다. 우리가 같이 살기 시작한 지 얼마 되지 않았을 때의 주말에는 항상 이런 식의 대화가 오고갔다.

"오빠, 우리 어디 나가자."
"어딜 나가? 어디 가기로 안 했잖아."
"차 몰고 나가면 되지."
"차를 어디로 몰아?"
"가면서 정하면 되잖아."

이런 패턴이 몇 번 반복되다 보니 나는 항상 주말에 갈 곳을 정해놓는 쪽으로 바뀌었다. 역시 목적지 랜덤은 너무 불편했다. 가면서 정하다니, 그거 어떻게 하는 건데……?

아무튼 우리의 신혼여행은 11박 12일 일정이었다. 석가탄신일과 현충일이 연휴를 이어주어 긴 신혼여행을 다녀올 수 있었다. 앞으로도 영지가 회사를 다니는 한 유럽여행 갈

일이 신혼여행 때 말고는 없지 않겠나 싶어 목적지는 유럽으로 정했고 그중에서도 이탈리아와 프랑스를 가기로 했다. 나는 예전부터 영지에게 해왔던 부탁이 있다.

"우리가 만약 5월의 이탈리아, 7월의 프랑스, 9월의 스페인 중 하나라도 여행하는 날이 온다면 여행 일정 중 하루는 그랜드투어* 경기 직관을 하게 해줘."

신혼여행은 이탈리아에서 시작했고, 마침 우리가 이탈리아에 도착하는 주말은 지로 디탈리아의 하이라이트라고 할 수 있는 마지막 레이스가 있는 19, 20, 21일 차였다. 지로 디탈리아는 이탈리아 최북단 돌로미티 산맥을 지나므로 신혼여행 첫날 지로 디탈리아와 돌로미티의 경관을 즐기기로 했다. 다음에는 베네치아, 남프랑스의 휴양지 니스를 거쳐 파리에서 여행을 마무리하는 일정으로 잡았다.

웨딩촬영을 앞두고서는 정장 대여를 위해 맞춤예복을 전문으로 하는 테일러샵에 갔다. 늦은 감이 있지만 우리 일

---

*   그랜드 투어Grand Tour: 세계에서 가장 권위 있는 3대 자전거 경기로, 5월 이탈리아의 지로 디탈리아Giro D'Italia, 7월 프랑스의 투르 드 프랑스Tour de France, 9월 스페인의 부엘타 아 에스파냐Vuelta a España를 말한다. 각 경기는 21일간 약 3,500킬로미터를 달리는 대장정이다.

정 안에 대여와 맞춤 모두 가능하다고 해서 다행이었다. 직원과 상담을 하고 원단과 스타일을 골랐고 먼저 대여용 정장을 입어보기로 했다. 탈의실에 의자를 가지고 들어가 남들보다 힘들게 옷을 갈아입었다. 의족의 신발을 벗기고, 의족을 빼서 세워놓고, 바짓단을 조물조물 뭉쳐 잡아 의족을 바지에 통과시키고, 다시 의족을 신은 후 바지를 입었다. 사실 의족을 입은 채로 정장을 입는 것은 고생스러웠고 빨리 끝내고 싶다는 생각뿐이었다. 조심조심 셔츠를 입고 밖으로 나왔다. 직원이 옷매무새를 고쳐주고, 넥타이를 매주었다.

"자, 여기 한 번 올라서 보시죠."

거울 앞 단상에 올라서 조끼와 자켓도 입었다. 거울 속 내 모습이 눈에 들어왔다. 오늘따라 머리도 유난히 단정했다. 정장을 입으니 자연스레 미소가 지어지고 가슴이 펴졌다. 사고 전에도 입을 기회가 많지 않았지만, 정말 오랜만에 입어보는 정장이었다. 오랜 입원생활 동안 거울 속 나는 너저분했고 병원복을 입으면 아프지 않아도 절로 어깨가 수그려졌다. 퇴원 후에도 의족 때문에 주로 반바지 운동복 차림으로 다녔기 때문에 이렇게 격식 있는 옷을 입은 게 정말 오랜만이었다. 전에 신던 구두는 의족 발이 들어가질 않아서 운동화를 신고 온 것이 안타까웠다. 정장에 전혀 어울리지 않는 운동화 차림이었지만, 거울을 보니 옷을 입는 동안 불편했던 마음까지도 스르륵 녹아내렸다.

5년 전, 처음으로 정장을 입고 면접을 갈 때가 떠올랐다. 대학 졸업 학기였던 나는 열심히 대기업 입사지원 서류를 제출했고 몇몇 곳에 서류가 통과되어 면접을 봤다. 급히 면접용 정장을 샀고, 아침에 집에서 나와 엘리베이터 앞에 섰을 때였다. 엘리베이터를 기다리는 동안 삐리릭, 도어락 열리는 소리가 들리더니 옆집 아주머니가 나오셨다. 옆집에 살면서도 "안녕하세요" 말고는 서로 말 한마디 섞어본 적이 없는 삭막한 현대 사회의 이웃이었다. 무거운 전공책이 들어 있는 시꺼먼 백팩에 맨투맨이나 체크남방만 입던 옆집 공대생이 갑자기 정장을 입은 모습을 본 아주머니는 눈이 동그래지더니 지난 7년간의 정적을 깨고 말했다.

"아유 총각, 잘생겼네! 이게 웬일이야!"

오늘 정장을 입고 거울 앞에 선 내 모습은 그때를 회상하게 했다. 그리고 문득 거울 속 오징어지킴이*와 눈이 마주쳤다. 내 책이라고 이렇게 내 맘대로 씨불여도 되나 싶지만 그 순간 나를 바라보는 영지의 표정은 박보검, 김수현, 차은우를 보는 여자들의 표정이었다. 내가 무슨 바보 같은 말을 하든 꺄르르 웃어줄 것 같은, 빛이 나는 생글생글한 표정으로 나를 바라보는 영지. 정장을 입은 오징어한테 빠져버린 영지…….

이렇게 두족류를 닮은 얼굴을 하고서 여자에게 이런 표정을 받을 수 있음에 감사하고 정말 결혼을 잘했다고 생각했다. 이 세상에 사는 여러분들 정말 감사합니다. 저는 앞으로 세금 두 배로 내겠습니다. 영지 표정이 너무 잘 보여서 자꾸 웃음이 나왔다. 그리고 이런 기회가 생겼음에 다시 감사했다. 역시 사는 건 최고야! 짜릿해!

영지가 마음에 들어 해주어서 웨딩촬영용 정장 몇 벌을 빌리기로 했고, 여유 있는 시간에 다시 와서 예복을 맞추기로 예약을 잡았다. 고생만 할 것 같고 빨리 지나가버렸으면 좋겠다고 생각했던 웨딩촬영도 기대되고 기다려지는 일로 변했다. 앞으로 내 삶에 얼마나 많은 일들이 이렇게 바뀔까? 산다는 것은 즐거운 일임을 새삼 느낀다.

---

*   오징어지킴이: 직장인 익명 커뮤니티 '블라인드' 게시글에서 유래한 표현이다. 한 항공사 승무원이 신혼여행을 떠나는 남자 손님에게 서비스를 제공할 때면 여자 손님이 째려보는 경우가 있어, 겉으론 미소를 짓지만 속으로는 '그 오징어 너나 가져'라고 생각할 때가 있다는 한탄글이었다.

두 발로 결혼식장에
들어가다

사고 사실을 세상에 알리면서 처음으로 약속한 것은 내년 5월 결혼식장에 두 발로 당당히 걸어서 들어가기였다. 1월에 처음으로 의족을 맞출 때만 해도 5월에 걸어 들어갈 수 있을지 불투명했다. 무릎 이상 절단 환자의 경우에는 최소 4~5개월 이상 보행재활이 필요하다고 했기 때문이다. 내가 입원했을 때부터 이미 의족을 신고 보행재활을 하던 다른 환자들도 여전히 자유보행을 하지 못했기 때문에 나도 조바심을 가질 수밖에 없었다.

기적적으로 나는 의족을 받고 5일 만에 보조기 없이 보행을 해낼 수 있었다. 자세가 좋지 않고 내딛는 걸음걸음이 서툴렀지만 일단 걸을 수 있다는 사실은 활동범위를 엄청나게 늘려주었다. 퇴원하고 나서도 매일 아침 혼자 공원을 산책하며 걸음걸이를 고쳐나갔다.

결혼을 앞둔 연인이 대부분 그러하듯, 처음 결혼 준비를 시작하던 때에는 우리의 결혼식만큼은 특별했으면 했다. 대형 웨딩업체에서 천편일률적으로 진행되는, 누가 주인공인지 모를, 판에 박힌 허례허식으로 진행되는 결혼식이 싫었다. 스몰 웨딩, 야외 웨딩, 이것저것 알아봤지만 결국은 우리가 가장 피하고 싶었던 그 '허례허식'이 가장 적은 실패를 하는 결혼식임을 깨닫고 일반적인 형태의 결혼식을 진행할 수밖에 없었다. 다만 내겐 마지막 낭만이 남아 있었다. 내 결혼식이 겨우 얼굴 비추고 사진 찍는 것으로 의미를 다하며 결혼식의 수준이 뷔페 퀄리티로만 평가되는 그런 행사가 된다는 것이 슬펐다. 결혼식을 보러 온 사람들이 감동을 받고 사랑하는 사람과 함께하는 삶에 대해 다시 생각해보게 만드는 의미 있는 결혼식을 연출하고 싶었다. 내 다년간의 유튜브 연출 경력을 걸고 말이다.

결혼식 당일, 세상에서 가장 아름다운 신부와 결혼식장에 도착했다. 영지가 고른 실크 드레스와 하얀 튤립 부케가 정말 잘 어울렸다. 우리 둘 다 긴장을 많이 할 것 같아 결혼식 도핑(?)용으로 미리 준비해둔 청심환을 하나씩 나누어 마셨다. 결혼을 앞두고 너무 큰일이 있었던지라 소식을 접한 많은 분들이 축하하러 와주셔서 인사를 나누느라 정신이 하나도 없었다. 끊임없이 악수를 나누고, 꾸벅 인사를 하고, 어른들이 해주시는 덕담을 듣고, 친구들과 포옹하다 보니 어느새 예식 시간이 코앞으로 다가왔다. 어머니와 장모님이 화촉점화로 예식의 시작을 알리고 신랑 입장 순서가 되었다.

나는 휠체어를 타고 버진로드에 올랐다. 무릎 높이에서 잘린 왼쪽 예복 아래로 금속으로 된 의족 발목이 스포트라이트를 받아 빛났다. 곧 사회자가 신랑 입장을 외치고, 신랑 입장곡이 흘러나왔다. 내가 신랑 입장곡으로 선택한 음악은 글로리아 게이너의 〈I will survive〉였다. 무서웠고 겁이 났지만 강해져서 돌아왔고, 내 삶이 있고 나누어줄 사랑도 있으니 살아남을 거라는 노랫말이 앞으로의 삶을 대하는 나의 마음가짐을 대변해주었다. 신랑 입장을 〈I will survive〉에 맞추어서 하는 신랑이 세상에 또 있을까?

곡의 하이라이트인 'I will survive'가 흘러나올 때, 버진로드 중앙에 멈추어 선 나는 휠체어를 잠그고 두 발로 일어섰다. 하객들의 환호와 박수소리가 홀 전체를 가득 채웠다. 옷 매무새를 가다듬고 한 걸음, 한 걸음에 온 신경을 쏟으며 내가 할 수 있는 가장 멋진 걸음걸이로 입장을 마쳤다. 영지는 카테리나 발렌테의 라틴 팝 〈Bongo cha cha cha〉에 맞추어 입장했다. 우리가 결혼 계획을 처음 세울 때부터, 영지는 신부 입장을 할 때 재미있고 톡톡 튀는 리듬에 맞추어 어깨춤을 추면서 입장하겠다고 했다. 홀의 조명이 꺼지고, 스포트라이트가 쏟아지는 가운데 문이 열리고 영지가 천천히 걸어 들어왔다. 머리를 올릴까 내릴까, 티아라를 쓸까 말까 한참을 고민했던 것이 무색하게 완벽한 모습이었다. 영지는 새하얀 실크 드레스만큼이나 빛나는 미소를 지으면서 버진로드를 걸었다. 긴장한 나머지 어깨춤을 추겠다는 장난스런 약속은 까맣게 잊었지만 그대로도 완벽했다. 이윽고 혼인서약의 시간, 우리는 각자 진심을 담은 혼인서약서를 준비했다.

영지는 인생의 목표가 사랑이라고 했습니다.
저를 바라보는 영지의 눈빛,
저를 생각하는 영지의 마음을 통해
영지가 항상 진심이었다는 것을 알 수 있었습니다.
우리가 처음 만났을 때부터 지금까지, 한결같이요.
저는 차갑고 로봇 같다는 말을 자주 들어왔습니다.
하지만 영지를 만나고 제 동태눈깔 같던 눈빛도
점점 영지의 사랑스러움에 빛을 찾게 되었습니다.
제가 로봇이라면 영지와 함께하는 제 앞으로의 인생은

디즈니 영화 《월-E》처럼 사랑스럽고 따뜻할 겁니다.

영지를 만나서 정말 행복하고,

앞으로 영지에게 받은 것보다 더 큰 사랑을 줄 수 있는

그런 남편이 되겠습니다.

사실 내 혼인서약 문구는 이보다 훨씬 슬픈 버전이 있었는데, 영지가 우리 결혼식을 초상집으로 만들 작정이냐고 만류해서 어두운 이야기는 싹 빼고 사랑만 담은 글이 완성되었다. 돌이켜 생각해보면 영지가 참 현명했던 것 같다. 이어서 영지가 서약서를 읽을 차례, 눈물이 많고 감정이 풍부한 영지가 끝까지 읽을 수 있을지 걱정스러웠다.

오빠는 중환자실에서 프러포즈를 했습니다.

저승에서 구르다 온 얼굴로,

다이아몬드보다 더 귀한 목숨을 건네면서요.

시간이 흘러 나중에,

그때 내가 도망가면 어쩌려고 프러포즈를 했냐고 물었더니

오빠는 제가 옆에 있어 줄 거라는

확신이 있었다고 말했습니다.

나보다 나 자신을 더 믿어주는 오빠를 보며

진정한 사랑이 무엇인지 깨달았습니다.

이제 무쇠다리를 달고 새로운 꿈을 향해 달려가는 오빠와

평생을 함께할 배우자로서

그 누구보다 오빠를 응원하고, 믿어줄 것을 약속합니다.

우려했던 대로 영지는 단 한 문장 만에 "저승에서 구르다 온 얼굴흐허허헣" 하면서 눈물이 터졌다. 영지는 그 짧은 순간, 중환자실에서부터 지금까지의 일들이 주마등처럼 스쳐 지나갔다고 한다. 신부도우미가 사전에 알려준 대로 눈 화장이 번지지 않게 바닥을 보면서, 한참 동안 예쁜 눈에서 빛나는 눈물을 뚝뚝 흘렸다. 영지가 너무 많이 우는 바람에 신부도우미가 몰래몰래 휴지를 건네주느라 정신이 없었다. 우리 부모님께 인사를 할 때까지도 눈물이 그치지 않아서, 아버지가 당신이 울까 봐 주머니에 넣어 두었던 손수건으로 영지 눈물을 닦아주어서 식장에 한바탕 웃음이 퍼졌다.

축가도 끝나고 행진을 앞두었을 때 우리가 마련한 마지막 이벤트가 있었다. 우리 결혼식에 오신 대부분의 하객들은 우리가 겪었던 일들을 알겠지만, 왕래가 드물었던 먼 친척분들은 남편이 어떻게 장애를 가지게 되었는지 궁금하고, 앞으로 영지와 함께 잘 살아갈 수 있을지 걱정할 수밖에 없을 것 같아, 내가 직접 하객분들에게 앞으로의 다짐을

말씀드리는 시간을 마련했다.

저희 두 사람의 새로운 시작을 축하하러 와주신
하객 여러분들께 감사의 말씀을 드립니다.
제 강철 같은 다리를 보고 놀라신 분들이 있을 것 같아
이 자리를 빌려 잠시 말씀드리고자 합니다.

작년 가을, 저는 트럭에 치이는 사고를 당했습니다.
눈을 감으면 영지의 웃는 얼굴이 선명하게 보이고
눈을 뜨면 트럭 바퀴만 보이는 상황에서
영지가 저에게 얼마나 소중한 존재인지 확신했습니다.
그리고 사랑하는 영지를 위해
반드시 두 발로 당당하게 걸어서
결혼식장에 들어갈 거라고 결심했습니다.
지금, 그 노력의 결과를
여기 와주신 하객 여러분들이 직접 목격하고 계십니다.

최근에 저는 사이클 선수로 데뷔했습니다.
2주 전에는 벨기에에서 열린 사이클링 월드컵에서
태극마크를 달고 뛰었습니다.
내년에 있을 파리 올림픽을 목표로

가치 있는 땀을 흘려보고자 합니다.

사랑하는 영지와 함께 다시 시작한 보너스 인생입니다.

누구보다도 행복하게, 남김없이 사랑하면서 살겠습니다.

저희가 내딛는 첫 걸음을 축하하러 와주셔서 감사합니다.

마음이 한결 가벼웠다. 부디 결혼식에 찾아온 모든 분들이 우리의 미래에 믿음을 가져주셨으면 했다. 박수와 환호를 받으며 뒤를 돌아보니 영지 눈에 또다시 눈물이 그렁그렁 고여 있었다. 돌아가 영지의 손을 잡고 사회자의 진행에 따라 행진했다. 시작은 휠체어에 탄 채였지만 곧 일어서고, 마지막엔 둘이서 손을 잡고 두 발로 힘차게 걸어 나가는 모습은 지난 8개월간 우리가 지나온 모습과 꼭 닮아 있었다.

악마는
없다

죽음 앞에 체념했다. 두렵지는 않았고 다만 남겨질 이들에게 미안했다. 숨이 제대로 쉬어지지 않은 지 오래되었고 시야는 점점 어두워졌다. 정신이 혼미해져갔다. 따뜻한 손 하나가 피로 흥건한 내 오른손을 꽉 잡고 있었고 아까부터 손의 주인이 절규하고 있다는 것 정도는 알 수 있었다. 덕분에 마지막이 외롭지 않았다. 진심을 담은 사과는 나를 죽인 것조차도 용서할 수 있게 했다.

생의 끈을 놓치고 저승으로 떨어지는 순간, 구조대원이 '꽉 잡아, 인마!' 하더니 나를 이승으로 내던졌다. 나는 죽음으로부터 기적적으로 살아 돌아왔다. 폐를 가득 채운 공기가 미치도록 신선하다는 것 말고는, 어디를 얼마만큼 다쳤는지조차 느껴지지 않았다. 그저 존재 자체가 고통이었다. 병원으로 이송된 후에도 고통은 사그라지지 않고 나를 괴롭혔다.

누구보다도 자전거를 사랑하던 청년은 다리를 잃었다. 평생 돌이킬 수 없는 장애가 남았다. 악몽을 꾸지 않고 아침까지 잠을 잔 적이 없다. 343일간 치료를 받았지만 후유장애 70퍼센트 판정을 받았다. 그것은 내 노동력의 70퍼센트가 사라진 것을 의미한다고 했다. 내 인생, 처절히 망가졌다. 인생에서 가장 중요하다고 생각했던 것들을 영원히 잃었다. 남은 평생의 건강, 커리어, 취미 모두 한순간에 사라졌다.

이런 상황에서 평정심을 유지하는 것은 정말이지 쉽지 않았다. 특히나 사고가 있은 후 초반에는 아무것도 신경 쓰고 싶지 않았는데 내 마음을 들쑤시는 것들이 너무나도 많았다. 다리가 잘린 지 열흘 만에 나는 그와 형사합의를 진행해야 했다.

나의 변호사는 지독히도 잔인한 현실을 이야기해주었다. 교통사고 형사재판에서는 설사 피해자가 사망하더라도 합의금 3천만 원이 일반적이라고 했다. 내가 겪은 사고는 고의사고나 음주사고가 아니기 때문에 피해자인 내가 설령 합의하지 않더라도 가해자가 법원에 1~2천만 원 정도 공탁*하고 재판에 들어가면 벌금형이나 집행유예가 나올 것이라고 했다. 그 뒤 가해자는 3천만 원의 합의금을 들고 병원으로 찾아왔다.

"사망해도 3천만 원인데, 가해자가 성의를 보인 거라 볼 수 있습니다. 공탁 걸고 재판 가느니 3천만 원에 합의하는 게 낫습니다."

변호사의 쓰디쓴 설명에 어쩔 수 없이 합의를 진행했다. 이후로도 가해자는 병원에 몇 번 찾아왔다. 나를 직접 보고 사과를 하고 싶다고 했다. 나는 트럭 밑에 깔려 있을 때 그를 이미 용서했지만, 그렇다고 그의 얼굴을 마주할 용기는 없었다. 한 번이라도 얼굴을 보게 된다면 남은 평생 그 얼굴이 꿈에 나오고, 원망하는 마음이 잘 다독여놓은 씨앗에서 쑥쑥 자라날 것만 같았다. 가해자의 얼굴을 보지 않은 것은 지금까지도 가장 잘한 일이라고 생각한다. 그와 한 번

---

* 가해자가 합의를 위해 '적극적으로 노력'했으나 피해자가 일방적으로 합의를 거절하는 경우, 가해자는 법원 공탁소에 현금을 걸어둠으로써 법률적으로 자신이 합의를 위해 노력했음을 보일 수 있다. 판사는 가해자의 공탁 사실을 통해 가해자에게 유리한 방향으로 형량을 결정할 수 있다. 가해자가 걸어둔 공탁금은 재판 후 피해자에게 지급된다.

도 마주하지 않은 채로 그를 용서한 덕분에, 병상에서 회복하는 동안 원망과 분노로 내 머릿속을 채우는 일은 없었다.

그는 그날 5톤 트럭을 운전하고 있었고 차선을 위반했다. 물론 대형 트럭을 운전하면서 한순간의 실수가 얼마나 감당하지 못할 결과를 초래하는지를 간과한 것은 명백한 그의 잘못이다. 다만 그가 거대한 트럭을 몰고 다니면서도 제 편한 대로 도로를 휘젓고 책임감 없이 도로교통법 위반을 밥 먹듯이 하는 후안무치한 무뢰한이었는지, 퇴근이 가까운 시간에 들뜬 기분에 우연히 그날 그런 실수를 한 건지는 알 수 없다.

내 사고 소식을 접한 많은 사람들은 너무나 쉽게 가해자를 악마화했지만 내 머릿속에 그런 악마는 없었다. 가해자를 악마로 만든다고 해서 내게 돌아오는 것도 없었고 왜 이런 일이 일어났는지 곱씹는다고 달라지는 것도 없었다. 그때 몇 초만 비껴 지나갈걸, 그날 자전거로 퇴근하지 말걸, 처음부터 자전거로 출퇴근하지 말걸, 애초에 자전거라는 걸 시작하지도 말걸 하면서 후회해봤자, 지금까지 내가 해온 모든 것을 부정하는 결과만 낳을 뿐만 아니라 끝없는 자기혐오의 수렁으로 뛰어드는 것에 지나지 않았다. 차라리 나는 그냥 나를 사랑하기로 했다. 보너스로 사는 삶을 부정과 분노로 가득 채우는 것은 너무 아까웠다.

결혼식을 올리던 날, 합의금을 받았던 그 계좌로 돈이 입금되었다. 거래내역을 쓸어내리던 손가락이 멈추었다. 송금인 이름은 기억 속에 지우고 있었던 그 이름이었다. 그가 내 소식을 찾아다니고 있음을 알 수 있었다.

내 다리는
한계가 없다

나는 이제 다리 하나로 자전거를 탄다. 의족도 사용하지 않고 절단된 다리는 안장 옆에 고정시켜둔 채로 오른발만 굴려서 페달을 밟는다. 왼쪽 허벅지 근육은 완전히 사용할 수가 없어서 무거운 의족을 사용하는 것보다 오른다리로만 구르는 것이 페달에 훨씬 큰 힘이 실리기 때문이다.

다리 하나로 자전거를 타는 것이 다리 두 개로 자전거를 타는 것에 비해 절반만큼의 재미를 주는가 하면, 전혀 그렇지 않다. 그 어떤 탈 것보다도 자전거의 타이어는 내가 지금 달리고 있는 노면을 섬세하게 읽고, 유리창 하나 없이 풍경과 나를 연결시키며, 뺨과 귓가에는 시원한 바람을 선사한다. 지나쳐가는 모든 것들의 냄새를 느끼고, 안장 위에서 페달을 밟는 시간은 온전한 나만의 시간이 된다. 자전거 타기가 주는 순수한 즐거움은 하나도 줄어들지 않았다.

다리 하나로 자전거를 타는 것이 다리 두 개로 자전거를 탈 때보다 느려서 그것이 슬프고 나를 우울하게 만드는가 하면, 그것도 그렇지 않다. 다리가 하나 있으나 두 개 있으나 힘든 것은 매한가지다. 최선을 다해 오르막 정상에 오르면 심장이 토할 것만 같고, 목과 비강에 피 맛이 느껴지는 것, 허벅지가 뜨겁게 녹아내리는 느낌이 드는 것은 똑같다. 내가 굳이 속도계에 나타나는 숫자를 사고 전과 비교하면서 나 자신을 깎아내리지 않는 한, 내가 느끼는 모든 감각은 조금도 달라지지 않았다.

사실 나는 지금도 '추가 절단'의 가능성을 늘 염두에 두고 산다. 땀 배출과 환기가 전혀 되지 않는 의족을 사용하다 절단부 관리가 제대로 되지 않아 염증이 생겨 피부가 괴사되면 다리를 추가로 절단할 수 있다. 게다가 내가 아무리 관리를 잘해도, 정강이뼈가 사라지고 마찰이 없어진 허벅지 뼈 하단에서 뼈가 자라나는 일이 왕왕 있다고 한다. 매끄럽던 허벅지 뼈에서 뼈가 융기하면 피부가 짓눌리고, 이 경우에도 마찬가지로 다리를 추가로 절단한다. 아마 앞으로 평생 나는 정기적으로 병원에서 검사를 받고 경과를 추적관찰하게 될 것이다.

하지만 나는 추가절단을 걱정하며 살지는 않는다. 어차피 절단된 거, 될 대로 되라는 식의 자포자기는 아니다. 절단뿐만 아니라 다른 질병을 얻는다고 해도 마찬가지일 것이다. 이렇게 의연할 수 있는 이유는 그런 상황에 빠지더라도 행복을 잃지 않고 다시 일어날 자신이 있기 때문이다. 끔찍한 사고와 소생의 경험은 살아 있음 그 자체에 감사하고 주변 사람들을 사랑하며 행복을 놓치지 않는 인생관을 만들어주었다. 열심히 달리다 넘어져도, 잠시 멈추어도 괜찮다. 멈추어 있는 그 시간도 행복하면 되니까.

나는 이제 다리 하나로 살아간다. 다리 하나로 살아가는 것이 다리 두 개로 살아가는 것에 비해 절반만큼의 재미를 주는가 하면, 전혀 그렇지 않다. 보너스로 얻은 두 번째 삶은 첫 번째 삶보다 더 섬세하게 행복을 느끼고, 함께하는 가족과 친구들을 사랑하며, 더 멋진 일들을 해내고, 무엇이 가치 있고 중요한 것인지 또렷하게 아는 채로 살아간다. 그렇게 한 개뿐인 내 다리에는 한계가 없다.

사회적 안전망 앞에 선
나의 다짐

절단환자의 경우에는 원활한 재활과 앞으로 일상생활로의 복귀를 위해 의지*를 필요로 한다. 의지는 구조상 기능을 하는 부품(손, 발, 무릎 등)이 있고 그 부품을 몸에 꼭 맞게 장착하는 부분이 있는데, 이러한 특성 때문에 무조건 맞춤형으로 제작된다. 가격이 엄청나게 비싼데, 무릎 이상 절단 기준으로 고작 5년 정도의 수명을 가진 의족은 최소 1,500만 원에서 최대 1억 5천만 원의 가격을 형성하고 있다. 욕심 부리지 않고 적당한 등급의 의족만 맞추려고 해도 웬만한 차보다 비싼 가격이다. 차는 10년 이상 타고 그 이후에

---

*   의지義肢: 의수와 의족을 한데 묶어 의지라고 한다.

중고로 팔 수라도 있지, 완전히 개인 맞춤형인 의지는 팔 수도 없다. 보통 사람이 직장을 다니면서 몇천만 원짜리 의지를 5년마다 맞추는 것이 가능할까? 일반적인 상황에서는 상상하기 어려워 보인다.

의지 가격이 비싼 것은 당연하다. 수요가 매우 제한적이니까. 의지는 절단사고를 당해야만 필요하다. 따라서 극히 소량생산할 수밖에 없고 판매가 될 때마다 상당한 마진을 붙일 수밖에 없다. 제작하는 업체로서도 새로운 환자가 오기 전까지는 매출 없이 버틸 수밖에 없기 때문이다.

장애를 얻고 장애보조기(휠체어, 의족, 의수 등)가 필요한 경우에는 산재와 별개로 국민건강보험공단에서 일정 지원을 받을 수 있다. 산재환자인 경우에는 근로복지공단에서 운영하는 시설을 이용할 수 있는데, 나는 인천병원 바로 근처에 있는 '재활공학연구소'에서 의족을 맞출 수 있었다. 재활공학연구소는 근로복지공단이 정부기금으로 운영하는 곳이기 때문에 이윤 추구를 하지 않는다. 거의 제품 가격만 받고 의족을 제작해서 대체로 외부 업체보다 40퍼센트 정도 싼 가격으로 의족을 맞출 수 있었다. 외부 업체에서라면 1,500만 원 이상의 금액을 부르는 의족을 재활공학연구소에서는 800만 원대에 제작이 가능했다. 물론 산재로 재활공학연구소에서 의족을 제작하는 경우에도 국민건강보험공단에서 지원하는 금액인 266만 4천 원* 이외의 금액은 전부 자가 부담해야 한다. 1천만 원짜리 의족이든, 1억 원짜리 의족이든 지원금액은 266만 4천 원이다. 이는 국민건강보험공단에서 대퇴 의족의 의료수가를 266만 4천 원으로 정해놓았기 때문에 근로재해보험이나 개인 사보험으로도 이 이상을 보장하지 않는 것이다.

나는 이에 대해서 해외 선진국의 사례를 찾아보았다. 선진국에서는 재해자 본인이 자신의 활동량에 알맞은 수준의 의족을 미리 구입하고, 보험회사를 상대로 그 의족을 사용함으로써 기본형 의족을 사용했을 때보다 활발한 활동을 할 수 있었으며 직장에 복귀해 사회의 일원으로 돌아올 수 있었다는 사실을 증명하는 소송을 한다고 한다. 승소하면 보험회사에서 의족 비용을 100퍼센트 지급하는데, 이러한 소송에서는 재해자의 승소율이 꽤 높다고 한다. 상대적으로 우리나라는 지급하는 기준금액 자체도 낮지만, 한정된 자원을 분배함에 있어 재해자의 사회복귀 의지, 건강 상태와 상관없이 모든 재해자에게 일괄적으로 동일 지급하는 방식도 개선할 필요가 있겠다는 생각을 해볼 수 있었다.

---

* 　기초수급자와 차상위계층인 경우에는 10퍼센트를 제하지 않은 296만 원을 지급한다.

내가 사고를 당한 것은 퇴근길에서였다. 출퇴근 사고도 산재보험 대상이라는 것은 요즘에는 꽤 흔하게 알려진 사실이지만, 내가 산재보험 적용을 받는 과정은 그렇게 순탄치 않았다. 산업재해보상보호법에 따른 출퇴근재해의 인정 지침은 이렇다.

> 가. 사업주가 제공한 교통수단이나 그에 준하는 교통수단을 이용하는 등 사업주의 지배관리하에 출퇴근하는 중 발생한 사고
> 나. 그 밖의 통상적인 경로와 방법으로 출퇴근하는 중 발생한 사고(나목의 사고 중에서 출퇴근 경로 일탈 또는 중단이 있는 경우에는 해당 일탈 또는 중단 중의 사고 및 그 후의 이동 중의 사고에 대하여는 출퇴근 재해로 보지 아니한다.)

처음에는 출퇴근 수단으로 자전거를 이용한 것이 '사업주가 제공한 교통수단이나 그에 준하는 교통수단'에 포함되는지가 의문이었다. 다행히 자전거나 오토바이를 이용한 경우도 출퇴근 재해로 인정되는 경우는 많았다. 사실 보행, 지하철, 자가용도 되는데 자전거나 오토바이가 안 된다면 말이 안 된다. 그보다 더 중요한 것은 내가 자전거로 지나던 길이 '통상적인 경로'였는지, 그 길이 자칫 '경로 일탈'로

판단되지 않을지가 애매했다. 산재신청을 위해 만난 노무사는 이 점을 지적하며 출퇴근길이 항상 일정해야 통상적인 경로로 인정받을 수 있는데 자전거로 다닌 길을 증명하기가 쉽지 않겠다고 했다. 천만다행으로 나는 GPS로 자전거 주행을 기록하는 사이클링 컴퓨터를 장착하고 있었다. 노무사님께 사고 전 한 달여간의 출퇴근 주행기록을 제시했더니 이 정도면 충분히 인정될 것 같다고 했다. 그럼에도 통상의 경우와 달리 내 사고의 산업재해 적용은 굉장히 오래 걸려서 사고를 당한 날로부터 65일이 지나서야 승인이 났다. 산재가 승인되기 전까지는 끊임없이 불안하고 또 불안했다.

산업재해는 자동차보험과 달리 근로자 보호를 주요 가치로 두는 보험이라 보험의 보장범위가 더 넓고* 사고의 과실을 따지지 않는다. 자동차보험처럼 목돈이 나오지는 않지만 치료비 전액과 치료 기간 동안 통상임금의 70퍼센트가 지급**되며 치료가 끝난 후에도 신체에 장해***가 남을 경우 장해급여를 지급한다. 장해급여는 치료가 끝난 시점에 판정받은 장해등급에 따라 지급되며 1급부터 14급까지

---

*   다인실만 보장되는 통상의 자동차보험과 달리 2인실까지 보장된다.

로 나뉘는데, 7급 이상이면 장해연금으로 받을 수 있다.

제3자는 어떻게 생각할지 모르겠지만, 재해당사자인 나에게는 장해등급의 인정기준이 한없이 박하게만 느껴졌다. 장해등급의 인정기준을 살펴보면 양 눈의 완전 실명, 양팔의 절단이 1급, 양다리의 절단이 2급이다. 나처럼 한 다리의 무릎 이상 절단은 4급이었다. 나는 무릎 절단과 세 개의 척추 골절을 인정받아 3급으로 상향되었다. 어깨 운동능력의 현저한 감소와 손바닥보다 큰 화상흉터, PTSD는 등급 외 판정을 받았다.

사고로 장애를 얻은 후 살펴본 장애인들의 삶은 녹록치 않았다. 선천적 장애인은 비장애인에 비해 평생 교육과 근로의 기회가 제한적이기 때문에 부를 축적하기 어렵고, 후천적 장애인은 한순간의 사고로 장애를 얻으며 가난까지 함께 얻는 경우가 비일비재했다. 사고 후 병원에서 접한 한 사고사례에서, 재해자가 공사 현장에서 일하다 감전되어

** 이를 휴업급여라고 한다. 통상임금의 70퍼센트가 최저임금에 못 미치는 경우에는 최저임금으로 지급된다. 이 경우 주5일 근무+주휴수당 1일로 계산되는 일반적인 최저임금 계산법과는 달리 주7일 근무로 계산하여 지급한다.

*** 장해: 치료가 끝났음에도 육체적·정신적 훼손으로 인해 노동능력이 상실되거나 감소된 상태를 말한다. 노동능력을 기준으로 해서 일반적 표현인 '장애'와는 다른 개념이다.

두 팔을 잃었는데, 목격자가 없고 본인도 사고 상황에 대한 기억이 없어 산업재해로 인정되지 않은 경우도 있었다.[*]

나의 경우엔 사회적 안전망이 제대로 작동했지만, 내가 사고를 겪은 후에 비슷한 산재사고나 교통사고에서 살아남지 못했던 다른 사람들과 유가족 앞에서 함부로 '나는 살아서 다행이다'라고 외칠 수 없었듯, 산재보험의 적용에 있어서도 손쉽게 다행이라고 표현하기 어려운 마음이 들었다. 나는 다시 한 번 다짐한다. 내가 사회적 안전망에 보호받은 것 이상으로 좋은 영향력을 미치며 가치 있는 일에 도전하면서 살아가겠노라고.

---

[*]   KBS 뉴스, 2020.12.01., https://news.kbs.co.kr/news/pc/view/view.do?ncd= 5060514

나를 다시 일어서게
해준 것은

"이까지 왔으믄 인생 끝난 거 아이겠나?"

내 보행을 신기해하며 이것저것 물어오던 아저씨가 이내 한숨을 내쉬며 말했다. 그의 낯빛에는 거대한 우울이 들여다보였고, 열심히 재활하시면 금방 걸을 수 있을 거라는 내 말은 전혀 먹혀들지 않았다. 경상도 말씨를 쓰는 60대 초반의 그는 공사현장에서 건설차량에 치어 한 다리를 허벅지까지 잃었다. 60대 초반이면 인생의 끝을 이야기하기에는 아직 창창한 나이지만 그는 앞으로 회복하고 무얼 할지보다는 그동안 어떤 공사판을 전전하며 살아왔으며 결국에 내 이 꼴이 되고 말았다는 자조 섞인 이야기를 할 때 눈이 더 빛났다. 물론 그 눈빛은 별처럼 초롱초롱 빛나는 눈은 전혀 아니었고, 살아온 삶에 대한 분노로 이글이글 빛나는 눈이었다. 그는 병원에서 아무나 잡고 자신의 울분을 쏟아놓았다. 그가 다시 일어나는 데에는 다리보다 마음이 더 큰 장애물이 될 터였다. 그는 다리를 잃으면서 자신의 모든 것을 잃었다고 믿었다. 하지만 내가 보기엔, 그는 모든 것을 잃은 것이 아니라 스스로 모든 것을 그곳에 두고 왔다.

퇴원을 하고 나를 드러내는 활동을 시작하면서 많은 사람들로부터 비슷한 질문을 받았다. 어떻게 이렇게 빠르게 회복할 수 있었느냐고, 회복탄력성이 강할 수 있었던 원동력이 무엇이냐고. 물론 나만의 능력으로 이만큼 빠르게 다시 일어설 수 있었던 것은 아니다. 나는 다리를 잃었지만, 나의 모든 것을 잃지는 않았다. 나를 위해 헌신해준 가족들이 있었고, 다리를 잃었어도 나를 똑같이 사랑해줄 영지가 있었다. 그리고 마지막으로 내가 좋아하는 취미가 있었다.

우리나라 사람들은 취미를 갖는 데에 인색하다. 경쟁적이고 목표 지향적인 사회 분위기는 취미활동을 소비적이고 비효율적인 것으로 비추어지게 만든다. 취미를 즐기며 보내는 시간은 저평가되기에 자신이 무엇을 좋아하는지를 찾는 것도 쉽지 않다.

하지만 끔찍한 사고의 생존자로서 나는 그것이 무엇이

든 자신만의 취미를 하나쯤 가지고 살라고 말하고 싶다. 좋아하는 일을 하면서 보내는 시간은 그 자체로 소중하고, 삶을 사랑하도록 만들어주기 때문이다. 스무 살 때부터 타온 자전거는 내 인생의 한 부분을 또렷하게 차지하고 있다. 그저 비싼 자전거를 타려고 돈을 쓰고 여기저기 놀러 다니며 시간을 죽인 것이 아니라, 자전거는 내 인생의 많은 순간을 함께했다. 좋아하는 일을 하면서 성취감을 느낀 경험은 삶의 의미를 가져다주었고, 새로운 사람들을 만나고 사회적 관계를 형성하는 데에도 도움을 주었다. 바쁜 일상 속에서 잠깐 여유가 생겼을 때 언제든지 몰두할 수 있는 취미가 있다는 것은 그 나머지 일상마저도 풍부하게 만들어주었다.

자전거라는 취미가 유독 특별해서 그랬던 것이 아니다. 그 취미가 무엇이든, 다른 사람들이 인정하든 그렇지 않든, 자신만의 취미를 갖는 것은 삶의 질을 대단히 높여준다. 나는 그날 다리를 잃었고, 그로 인해 일과 커리어를 잃었지만, 모든 것을 잃지는 않았다. 여전히 내가 사랑하는 삶이 남아 있었기에 그 삶을 포기하지 않을 수 있었다.

헤어질
결심

지난겨울, 퇴원해서 돌아온 그리운 집에서 나를 우울하게 만들었던 것은, 나의 병을 병원에 두고 온 것이 아니고 집으로 가지고 왔다는 당연한 사실의 자각이었다. 또렷하게 발가락 끝까지 느껴지던 환상통은 외로움의 통증이다.

그것은 외부의 실제적인 자극이 적을수록 심해진다. 그렇기 때문에 세상에 나 혼자 남게 되는 시간에 가장 심해졌다. 영지도 잠들어버린 깊은 한밤중이면 존재하지 않는 왼 다리가 통째로 저린 느낌, 발가락을 뒤로 꺾고 뒤꿈치를 깎아내는 느낌이 점점 선명해져갔다. 내 곁에 아무도 없이 가장 고요한 순간에 나 말고는 아무도 이해해줄 수 없는 고통을 겪는다는 것은 끔찍이도 외로운 일이었다. 환상통의 양상이 어떻게 될 것인지 여러 의사 선생님들께 물어보았지만 결론은 모두 같았다. 선생님들은 진지하고 학구적인 표현을 사용하여 "알 수 없다"라고 답했다.

다리를 절단하고 1년쯤 지난 어느 날, 갑작스레 극심한 환상통이 찾아온 적이 있었다. 어딘가에 팔꿈치 신경을 세게 부딪혔을 때 팔에 짜릿짜릿하게 전기가 오는 것처럼, 존재하지 않는 왼다리에 짜릿짜릿 전기가 왔다. 한 번이 아니었다. 팟, 팟, 팟⋯⋯. 이틀간 계속해서 전기가 튀었다. 통증 때문에 내내 잠을 전혀 잘 수 없었다. 하필 주말이어서 병원도 가지 못했고, 흡사 좀비 같은 몰골을 하고 월요일 아침에 병원에 갔는데, 그곳에서 환상통은 말끔하게 사라져 있었다. 말 그대로 환상의 통증, 이것이 21세기에도 이렇게 깊이 연구되지 않은 이유는 환자 본인 말고는 아무도 그 근거를 찾을 수 없기 때문이다. 증상이 끝나고 난 후에 내 몸에 남은 통증의 흔적은 아무것도 없었다.

"이유 없이 갑자기 발생했듯, 자연스레 사라지기도 해요. 다음에 또 심한 환상통이 찾아오면 응급실로 내원하셔서 진통제를 맞으세요."

1년 만에 처음 있었던 일이지만 점차 나아지는 방향으로

만 변화할 거라고 생각했던 환상통이 그렇게 곱게 물러가지 않았다는 것은 회복에 대한 자신감을 상당 부분 꺾어놓았다. 중요한 시합이나 오랜만의 여행을 앞두고 통증이 찾아오면 어떡하지? 일상생활이 불가능한 통증이 언제 또 갑자기 생길지 아무도 모른다는 사실이 두려웠다. 다행히 그 뒤로 같은 통증이 또 찾아오지는 않았다.

그간 내가 겪어본 환상통은 딸꾹질 같았다. 그것에 신경을 쏟고, 집중하고, 어떻게든 멈추려고 노력해서는 절대 사그라들지 않았다. 다른 쪽으로 마음을 돌리고 바쁘게 살면서 잊어버리고 있을 때 자연스럽게 줄어들었다.

겨울, 봄, 여름, 가을 그리고 또다시 겨울이 찾아왔다. 멀쩡한 오른발보다 더 선명했던 왼발의 감각은 요즘 들어 조금씩 사라지고 있다. 환상통이 나아가는 것이니 좋은 것이다. 가만히 침대에 누워서 감각에 집중해 온몸을 느껴보고 있노라면 어쩐지 왼쪽 무릎 아래가 느껴지지 않는 시간이 점점 늘어가고 있다. 처음에는 한순간이었다가, 순간이 잠깐이 되고, 몇 분간 아무 감각도 느껴지지 않는 시간, 비로소 완전한 휴식을 취할 수 있는 선물 같은 시간이 찾아오곤 한다. 어느덧 내 몸도 이렇게 왼쪽 다리와 완전한 이별을 준비하고 있는 것이다. 마침내.

일어나지 않아야 할 일은 없어

이 자리를 빌려 말하고 싶다. 장애를 가졌다고 해서, 장애인의 가족이라고 해서 그들의 삶이 행복하지 않을 거라 단정 짓는 사람들에게. 나는 다시 태어나도 찬종의 아내, 자폐를 가진 영서의 누나가 될 거라고.

응급실 앞, 의사로부터 다리 절단 가능성을 들은 나는 속으로 생각했다.

'다리는 필요 없으니 살려만 주세요. 그러면 아무것도 바라지 않을게요.'

그때를 이야기하면 오빠는 자기 다리 아니라고 너무한다고 말한다. 해명해보자면 다리가 꼭 필요하지 않았다기보다, 다리가 없어도 우리 둘은 그전과 다름없이 행복할 것을 알고 있었다는 말이다. 내가 오빠를 진정으로 사랑하기 때문에 괜찮았던 것일까? 아니, 장애인의 가족으로 사는 삶이 절망으로만 가득한 게 아니라는 것을 알고 있었기 때문이다.

나에게는 지적장애 1급 동생이 하나 있는데, 자기 할 일은 혼자서 나름대로 잘하지만 다른 사람들과의 의사소통이 편하지 않다. 영화《말아톤》에 나오는 초원이 정도. 장애인의 가족으로 사는 것이 힘들지 않다고는 할 수 없지만, 나는 동생 덕분에 너무 행복했고 동생 없는 삶은 생각할 수 없을 정도로 많은 부분을 의지하며 지내왔다.

어느 겨울 늦은 밤, 영화(관에서 팝콘 먹기)를 좋아하는 동생과 함께《겨울왕국》을 보고 극장을 나서는 순간 첫눈이 내리기 시작했다. 아무도 없는 길에서 〈Let it go〉를 부르며 눈을 맞고 걸으니 동생과 함께하는 그 순간이 너무 행복했다. 동생에게 장애가 있든 없든 나에게 행복하고 소중한 순간은 어김없이 온다. 그래서 나는 장애를 하나 얻은 오빠와 함께하는 것이 전혀 걱정되지 않았다. 물론 퇴원하고 집에 온 날에는 눈앞에 닥쳐온 현실에 서로를 부둥켜안고 잠깐

울긴 했지만.

　지금의 나는 여전히 그 생각에 동의할까? 다리 하나 없는 게 무색할 정도로 우리의 삶은 변함없다. 오빠는 여전히 청소와 요리를 잘하고, 주말에는 나와 함께 자전거를 타고 남산을 오른다. 지난여름엔 계곡과 바다에 놀러가서 늘 하던 것처럼 오빠를 김장하듯 물에 담가주었고, 캠핑이 너무나도 그리웠던 우리는 급한 마음에 날씨도 보지 않고 강원도 산속 영하 7도의 기온에 캠핑을 하느라 쌍쌍바처럼 얼어붙을 뻔하기도 했다. 사실 마음속 깊은 곳에는 이런 활동을 다시 할 수 있을까 하는 의구심이 있었다. 그러나 다리 없는 오빠와 맞이하는 새로운 계절을 하나하나 보내면서 그 옅은 안개는 점차 걷혀갔다. 나는 주변에서 걱정을 내비치는 이들에게 웃으면서 말해줄 수 있다. 사고 전이나 후나 우리의 삶엔 변한 것이 없으니 걱정할 필요 없다고.

　'세컨드 윈드second wind'라는 단어가 있다. 달리는 사람들이 느낀다는 '러너스 하이runner's high'와 같이 운동 중 극한의 상황을 넘겼을 때 오는 기분 좋은 느낌을 뜻한다. 세컨드 윈드를 느꼈던 사람들은 알 것이다. 피에 도는 엔도르핀, 어깨에 날개가 뾰록 돋아 내 한계를 가뿐히 넘어가는 그 느낌. 나는 답답한 병원 안에서 문득, 오빠와 함께 다시는 그 기분을 느끼지 못할 거란 생각에 조금은 울적하기도 했다.

앞으로 자전거를 다시는 탈 수 없을 텐데, 다리 없는 오빠와 어떤 운동으로 그 기분을 느낄 수 있을까 우울했다. 사고 당일에는 구급대원이 전달해준 피에 절은 오빠의 옷가지를 보며 '이놈의 자전거 다시 탄다고 하기만 해봐'라고 생각하며 우리의 앞날에서 자전거를 지웠다.

그런데 어느 날 오빠가 자전거를 다시 타고 싶다고 슬며시 말했다. 병실 안에 자전거를 들여놓을 거라고 떼까지 썼다. 나는 허락한 적이 없는데 오빠는 병실 안에 예쁘게 자전거 둘 자리를 봐두기 시작했다. 그런 오빠를 바라보면서 나도 조금은 마음이 녹아내렸다. 생각해보면 자전거를 타지 않고 보행자로 있었어도 날 사고였고, 헬멧이 없었다면 오빠는 그 자리에서 죽었을지도 모를 일이었다. 또 한편으로는 지난 10여 년 동안 자전거가 오빠에게 다른 사람들은 쉬이 얻을 수 없는 많은 기회들을 가져다준 소중한 존재였다는 것을 알고 있었기에 마음을 어느 정도 이해해주고 싶었다. 그래도 자전거를 병실에 두어도 괜찮다고는 말한 적이 없다.

오빠와 함께 길을 걸으면, 의도적이든 의도적이지 않든 사람들의 눈이 의족에 꽂힌다. 사실 나는 동생을 쳐다보는 주변 시선을 아주 오랫동안 겪어왔지만 여전히 그 시선이 익숙해지지 않는다. 아마도 오빠의 의족을 쳐다보는 시선

또한 영원히 익숙해지지는 않을 것 같다. 때로는 오빠의 유튜브나 SNS 계정에 왜 반바지를 입고 의족을 드러내 보이냐는 댓글이 종종 달린다. 장애가 얼마만큼 다름이 아닌 틀림으로 인식되는지, 그들의 시선에 얼마나 많은 장애인이 숨어 살기에 이 정도 장애에 눈길이 돌아가는지 당사자가 아닌 나조차도 온몸으로 느낀다. 장애는 감추어야 할 만큼 창피하고 부끄러운 것이 아닐뿐더러, 어지간한 명품백보다 비싼 물건인데 좀 자랑하면 어떤가. 장애는 일어나지 않아야 할 불행한 일이 아니다. 그저 조금 다른 삶이 펼쳐지는 일이다.

물어보고 싶었지만
대놓고 물어보지 못한 질문들

Q 다리 어디를 절단한 건가요?

저는 무릎관절을 분리한 슬관절 이단술을 받았습니다. 다리 절단은 절단한 위치에 따라 발가락 절단, 발 절단, 발목관절 이단, 하퇴절단, 슬관절 이단, 대퇴절단, 고관절 이단으로 나뉩니다. 절단은 뼈를 자른 경우를, 이단은 뼈를 자르지 않고 관절을 분리한 경우를 뜻합니다.

Q 다리가 잘리면 어떤 느낌인가요?

사고 및 수술 후 급성기 시기의 통증은 제외하고 회복 후의 느낌을 설명하자면, 환측患側 다리의 존재가 건측建側 다리보다 더 선명하게 느껴집니다. 발끝까지 향하던 신경이 살아 있어서 무릎, 발목, 발가락 모두 움직일 수 있다는 느낌이 들지만, 움직이려고 하면 다리를 통째로 시멘트에 넣고 굳혀버린 것처럼 아득하게 움직여지지 않는 느낌이라서 엄청나게 답답합니다. 이렇게 절단한 다리가 있는 것처럼 느껴지기 때문에 절단환자는 무의식중에 다리가 있는 줄 알고 땅을 짚어버려서 또 다치는 일이 많다고 합니다. 입원생활을 할 때에는 주로 침상 옆에 바로 휠체어를 두고 타기 때문에 비교적 안전합니다. 하지만 의족보행을 시작하고 퇴원한 후에, 집 침대에서 자다가 잠결에 다리가 없다는 사실을 인지하지 못하는 상황에서 화장실을 가기 위해 일어나다가 사고가 나는 경우도 많아 항상 주의를 필요로 합니다.

저는 무릎관절을 분리했기 때문인지 절단 후 6개월 정도는 항상 무릎을 90도로 구부리고 있는 것으로 인지되었습니다. 침대에 바로 누워 있을 때에도 아래 방향으로 다리를 구부리고 있는 느낌이라 잘 때 불편했는데, 1년쯤 지나니 괜찮아졌습니다. 이외에 무릎관절이 없으면 허벅지에 있는 근육 대부분을 사용할 수 없기 때문에 왼쪽 다리는 기지개를 켜거나 스트레칭을 전혀 할 수 없어 항상 찌뿌둥한 느낌이 듭니다.

Q 수술 후에는 아프지 않나요?

절단수술을 받은 절단단 부위는 몇 주 지나면 점점 단단하게 아물고 통증이 없어집니다. 하지만 대부분의 절단 환자는 최소 몇 년에서 평생에 걸쳐 환상통을 겪는데, 이 것은 절단되고 없는 부위에서 감각이 느껴지는 것입니다. 저는 항상 발이 저리고 무언가에 눌리는 느낌이 있고 환상통이 조금 심해질 때에는 발가락을 뒤로 꺾는 느낌, 발뒤꿈치를 깎아내는 느낌이 듭니다. 그나마 저는 다른 환자들과 비교하면 환상통이 덜한 편이라고 합니다.

Q 큰 사고를 겪은 후 가까운 사람이 어떤 태도를 취해야 도움이 될까요?

사고를 겪은 후에는 커다란 상실감을 느끼게 됩니다. 저처럼 신체 일부를 잃지 않았더라도 건강에 대한 상실감은 큰 법입니다. 아픈 사람은 평소보다 조금 못나고 얄미울 수 있습니다. 사고와 그로 인한 부상에 대해 생각하고 이야기할 때는 더욱 그렇습니다. 이럴 때는 사소한 것이라도 미래에 함께할 수 있는 일에 대해서 이야기하면 좋을 것 같습니다.

의족은 무릎관절 유무에 따라 가격 차이가 크고, 같은 무릎관절 제품이라도 그 기능에 따라 가격이 천차만별입니다. 무릎관절이 필요 없는 하퇴 이하의 절단인 경우에는 수백에서 1천만 원 정도의 금액이, 무릎관절이 필요한 슬관절 이단 이상 절단인 경우에는 최소 1천만 원에서 1억 5천만 원까지 다양합니다. 그리고 의족은 한 번 맞추면 평생 쓰는 것이 아닌 소모품이라 발 제품은 3~4년, 무릎 제품은 5~6년 정도의 수명을 지니고 있습니다.

일반적으로 병원에서는 최소 4~6개월에서 최대 1년 정도를 이야기하는 것 같습니다. 저는 상식을 깨고 의족 착용 당일부터 보행기를 잡고 걸을 수 있었고 5일 만에 보행기 없이 자유보행을 할 수 있었습니다.

장애는 부끄러운 것이나 창피한 것이 아니지만 타인의 시선은 멀쩡한 것조차도 창피하게 만듭니다. 장애가 있든 없든 말이지요. 의족을 드러낸 채 걷고 있으면 모든 이의 시선이 제 다리에 꽂힙니다. 그래도 요즘은 많은 사람들이 원치 않는 시선이 당사자를 불쾌하게 만들 수 있다는 사실을 알기 때문에 이내 다른 곳으로 시선을 돌립니다. 순수한 아이들과 일부 무례한 사람들은 발걸음을 멈추고 뒤돌아서 쳐다보는 경우도 있습니다. 정말 무식한 경우에는 저를 붙잡고 물어보는 사람도 있었습니다. 인간은 자신과 다른 것, 처음 보는 것에 시선이 끌린다는 것을 알고 있기 때문에 저는 힐끔 쳐다보는 것에 마음이 상하지는 않아요. 하지만 정도가 지나치게 구경하는 경우나 무례하게 행동하는 경우에는 그 상대방의 태도에 맞는 대응을 해줍니다. 그런 시선을 폭력적이라고 느낄 수 있으니 가급적 나와 다른 타인에게 쏟아내는 시선을 거두어주면 좋겠습니다.

Q 나중에 아이에게 어떻게 아빠의 다른 점을 이해시킬 건가요?

제 의족을 처음 본 아이들은 눈을 떼지 못합니다. 본 적이 없기 때문이지요. 그런 차원에서 제 아이는 제가 한쪽 다리가 없는 것에 대해서 이해가 필요하지 않을 것 같습니

Q&A

다. 물론 분명히 언젠가 한 번은, 아빠는 왜 왼쪽 다리가 없
는지 물어보겠지요. 그때가 되면 그저 "아빠가 차랑 꽝 해
서 다리를 잃어버렸어, 우리 ○○이도 차 조심해야 돼" 하
면 그렇구나 하고 지나가지 않을까요? 아이들에게 저의
다른 점을 이해시키는 것보다는 대중에게 장애인이 비장
애인과 다르지 않다는 점을 이해시키는 것이 더 근본적인
문제 해결이 될 것 같습니다.

Q 병원비나 앞으로의 경제적 문제는 어떻게 해결하시
나요?

저는 산재대상자이기 때문에 향후로도 이 사고로 얻은
후유증에 대해서는 모두 제도적 보호를 받습니다. 따라서
근로복지공단으로부터 병원비를 전액 지원받게 됩니다.
하지만 병원비를 제외하고라도 장애인으로 살아가는 것은
정말 돈이 많이 드는데, 가장 큰 지출은 단연 의족입니다.
5~6년에 한 번씩 3천만 원 상당의 구입 비용이 필요합니
다. 지체장애인의 경우 이동할 때 휠체어를 필수적으로 지
참해야 하기 때문에 차도 큰 차가 필요합니다.

저의 경우에는 다행히도 사회적 안전망이 잘 작동하여

산재 장해연금을 받습니다. 장해등급이 높아 사고 전 받던 급여의 90퍼센트 정도를 연금으로 받습니다. 장애인 사이클 선수를 하면서 받는 메달 포상금도 있고, 앞으로 선수로서의 기량을 닦아 아시안게임이나 올림픽에서 메달을 따게 되면 받을 수 있는 체육연금도 있습니다. 이외에도 유튜브도 하고, 블로그도 하고, 책도 열심히 쓰지요. 저는 사고로 죽을 고비를 넘기고 장애를 얻었지만 이어지는 삶에서 새로 발견하는 기회를 놓치지 않고 쫓아가는 중입니다. 모든 기회의 문이 닫히는 것은 아니더라고요.

사고 후 입원 8일이 지나고 아내 영지를 처음 만났다.
영지는 내가 더 많이 웃어서 좋다고 했다.

병상에서 우울감을 없애기 위해 자전거에 더 매달렸다.
갖고 싶었던 자전거를 사고 "내가 의족이 없지, 의지가 없냐?"라는
글을 SNS에 올리자 반응이 폭발적이었다.

사진으로 보는 사고 이후 이야기

퇴원하는 날, 혼자서 짐을 옮기다가
주차장 기둥에 사이드미러를 해먹은 영지.
퇴원 선물이라고 들고 와서 내밀었다.

퇴원 후 몸에 맞는 자전거를 맞춘 지 얼마 되지 않았을 때
장애인 사이클 국가대표 감독님의 권유로
벨기에에서 열리는 UCI 패러사이클링 월드컵에 참가했다.
자전거 두 대와 각종 짐을 챙긴 모습.
준비가 충분히 되지 않았고, 결혼식도 얼마 남지 않은데다,
경비도 자비부담해야 했지만 나에겐 기회가 더 중요했다.

사진으로 보는 사고 이후 이야기

사고 후 결혼식에 꼭 두 발로 걸어 들어갈 거라고 다짐했었다.
그 다짐대로 나는 휠체어를 타고 입장해
중간에 일어서서 두 발로 걸어 들어갔다.

신혼여행으로 떠난 유럽의 미술관에서 만난
어느 작품 앞에서 동질감을 느껴 찍은 사진.
암살 개그는 분위기를 풀어줄 뿐만 아니라
나의 고통도 날려버려준다.

사진으로 보는 사고 이후 이야기

신혼여행으로 간 니스 바닷가에서 수영하는 모습.
다리가 하나 없다고 인생의 재미가 줄었는가?
그렇지 않다.
나는 사고 전보다 더 섬세하게 일상을 즐기고 느끼며 살아간다.

꿈에 그리던 '지로 디탈리아'를 직접 보았다.
자전거 경기에는 유명한 세 개의 경기가 있는데
그중 이탈리아에서 열리는 경기다.
"CU in the Paralympic"이 적힌 푯말을 들고 서 있었다.

사진으로 보는 사고 이후 이야기

처음 훈련할 때는 의족을 차고 자전거를 탔다.
그러나 무거운 의족을 사용하는 것보다 한쪽 다리만 사용하면
오른쪽 페달에 더 큰 힘이 실려서,
지금은 의족 없이 한쪽 다리로만 자전거를 탄다.

2023년 11월 전라북도 장애인 사이클연맹 소속 선수로 참가한
전국체전에서 자전거를 타는 모습. 4개의 은메달을 땄다.
비록 현역 선수에 밀려 최종적으로 국가대표가 되지 못했지만,
나는 2026년 나가노 아시안게임과 2028년 LA올림픽을 목표로 달리고 있다.

퇴원 후 더 많은 순간들을 사진으로 남기려고 한다.
시간이 남아도는 외로운 병상에서 추억이 담긴 사진은 큰 힘이 되었다.

사진작가 요시고를 좋아해서 신혼여행지에서 오마주해 찍은 사진.
잘 보면 나와 영지가 보인다.

사진으로 보는 사고 이후 이야기

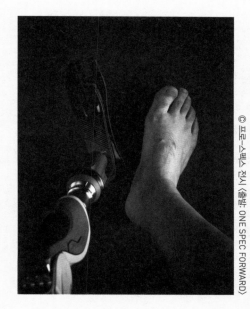

광고 모델을 한 프로스펙스 측에서 찍어준 새로운 내 발.
이 두 다리로 굴려나갈 보너스 인생이 기대된다.

내 다리는 한계가 없다

1판 1쇄 발행 2024년 3월 4일

지은이 박찬종
발행인 박명곤　**CEO** 박지성　**CFO** 김영은
기획편집1팀 채대광, 김준원, 이승미, 이상지
기획편집2팀 박일귀, 이은빈, 강민형, 이지은
디자인팀 구경표, 구혜민, 임지선
마케팅팀 임우열, 김은지, 이호, 최고은

펴낸곳 (주)현대지성
출판등록 제406-2014-000124호
전화 070-7791-2136　**팩스** 0303-3444-2136
주소 서울시 강서구 마곡중앙6로 40, 장흥빌딩 10층
홈페이지 www.hdjisung.com　**이메일** support@hdjisung.com
제작처 영신사

ⓒ 박찬종 2024

"Curious and Creative people make Inspiring Contents"
현대지성은 여러분의 의견 하나하나를 소중히 받고 있습니다.
원고 투고, 오탈자 제보, 제휴 제안은 support@hdjisung.com으로 보내주세요.

현대지성 홈페이지

이 책을 만든 사람들
기획·편집 이승미　**디자인** 구혜민